André Maurois

COLLECTION FOLIO

Pierre Drieu la Rochelle

Le feu follet

SUIVI DE

Adieu à Gonzague

Gallimard

LE FEU FOLLET

A ce moment, Alain regardait Lydia avec acharnement. Mais il la scrutait ainsi depuis qu'elle était arrivée à Paris, trois jours plus tôt. Qu'attendait-il? Un soudain éclaircissement sur elle ou sur lui.

Lydia le regardait aussi, avec des yeux dilatés, mais non pas intenses. Et bientôt elle détourna la tête, et, ses paupières s'abaissant, elle s'absorba. Dans quoi? Dans elle-même? Etait-ce elle, cette colère grondante et satisfaite qui gonflait son cou et son ventre? Ce n'était que l'humeur d'un instant. C'était déjà fini.

Ce qui fit qu'il cessa aussi de la regarder. Pour lui, la sensation avait glissé, une fois de plus insaisissable, comme une couleuvre entre deux cailloux. Il resta un moment immobile, couché sur elle; mais il ne s'abandonnait pas, crispé, soulevé sur ses coudes. Puis, comme sa chair s'oubliait, il se sentit inutile, et se renversa à côté d'elle. Elle était allongée presque au bord du lit; il eut juste la place de se maintenir sur le flanc, tout contre elle, plus haut qu'elle.

Lydia rouvrit les yeux. Elle n'aperçut qu'un buste velu, pas de tête. Elle ne s'en soucia pas : elle n'avait rien éprouvé non plus de très violent, mais pourtant le déclic s'était produit, et c'était tout ce qu'elle avait jamais connu, cette sensation, sans rayons mais nette.

La maigre lumière, qui grelottait dans l'ampoule du plafond, révélait à peine, à travers l'écharpe dont Alain l'avait enveloppée, des murs ou des meubles inconnus.

— Pauvre Alain, comme vous êtes mal, dit-elle au bout d'un moment, et, sans se presser, elle lui fit place.

— Une cigarette, demanda-t-elle.

— Il y avait longtemps..., murmura-t-il d'une voix blanche.

Il prit le paquet qu'il avait pris soin de poser sur la table de nuit, quand ils s'étaient couchés quelques minutes auparavant. C'était un paquet intact, mais le troisième de la journée. Il l'éventra d'un coup d'ongle et ils éprouvèrent du plaisir, comme s'ils en avaient été longtemps privés, à tirer de la botte serrée deux petits rouleaux blancs, bien bourrés de tabac odorant.

Sans se donner la peine de tourner la tête, en se rabattant sur le dos et en tordant sa belle épaule, elle chercha d'une main aveugle, sur l'autre table de nuit, son sac d'où elle tira un

briquet. Les deux cigarettes grillèrent. La céré-
monie était finie, il fallait parler.

D'ailleurs, cela ne les gênait plus comme autrefois; chacun d'eux, n'ayant plus peur de se
montrer, en était au point de trouver la réalité
de l'autre déjà courte, mais encore savoureuse :
ils avaient couché ensemble peut-être douze fois.

— Je suis contente, Alain, de vous avoir
revu, un instant, seul.

— Votre séjour aura été un peu bousculé.

Il ne cherchait pas à s'excuser de ce qui était
arrivé. Et elle ne lui en faisait pas grief; du
moment qu'elle était allée vers lui, elle risquait
de pareils incidents. Pourtant, ne faisait-elle pas
un petit effort secret pour se persuader que sur
trois jours à Paris, avec Alain, elle devait en
passer un à la préfecture de police, après avoir
été ramassée avec lui dans une tanière d'intoxi-
qués ?

— C'est vrai, c'est ce matin que vous partez,
ajouta-t-il, d'une voix légèrement voilée de
dépit.

Elle repartait avec le *Léviathan*, sur lequel
elle était arrivée. Mais pour cela, il lui avait
fallu téléphoner toute la soirée précédente, car
elle n'avait pas réservé, dès New York, sa place
de retour, bien qu'elle eût déclaré alors qu'elle
ne ferait que toucher Paris. Est-ce que ç'avait
été négligence ou secrète idée de rester ? Dans ce
cas, c'était sans doute l'incident policier qui
l'avait décidée à repartir, cette nuit passée sur

une chaise au milieu des détectives qui sentaient fort et qui lui fumaient au nez, tandis qu'Alain prenait un air déchu qui l'avait surprise. En dépit de son titre d'Américaine et de promptes entremises, l'humiliation avait duré plusieurs heures.

Pourtant, elle était obstinée.

— Alain, il faut que nous nous mariions.

Elle lui disait cela, parce que c'était pour le lui dire qu'elle avait pris le *Léviathan*.

Six mois auparavant, jeune divorcée, elle s'était fiancée avec Alain, un soir, dans une salle de bain de New York. Mais trois jours après, elle s'était mariée avec un autre, un inconnu, dont d'ailleurs elle s'était séparée un peu plus tard.

— Mon divorce sera prononcé bientôt.

— Je n'en dirai pas autant du mien, répondit Alain avec une nonchalance un peu affectée.

— Je sais bien que vous aimez encore Dorothy.

C'était vrai, mais cela n'empêchait pas son envie d'épouser Lydia.

— Mais Dorothy n'est plus la femme qu'il vous faut, elle n'a pas assez d'argent et vous laisse courir. Il vous faut une femme qui ne vous quitte pas d'une semelle; sans cela vous êtes trop triste et vous êtes prêt à faire n'importe quoi.

— Vous me connaissez bien, railla Alain.

Son œil avait brillé un instant.

Il était encore émerveillé qu'une femme voulût bien l'épouser. Pendant des années, mettre la main sur une femme avait été son rêve; c'était l'argent, l'abri, la fin de toutes les difficultés devant lesquelles il frissonnait. Il avait eu Dorothy, mais elle n'avait pas assez d'argent, et il n'avait pas su la garder. Saurait-il garder celle-ci? La tenait-il seulement?

— Je n'ai jamais cessé de vouloir vous épouser, continua-t-elle, sur un ton où il n'y avait ni excuse ni ironie. Mais j'ai eu cette complication qui m'a retardée.

Depuis des années, elle vivait dans un monde où il était entendu que rien ne devait s'expliquer, ni se justifier, où tout se faisait sous le signe de la fantaisie.

Selon la même règle, Alain ne pouvait pas sourire.

— Il faut que vous reveniez à New York pour en finir avec Dorothy, au risque de vous remettre avec elle. Nous nous marierons là. Quand pourrez-vous partir? Quand serez-vous désintoxiqué?

Elle parlait toujours du même ton égal, sans exprimer aucune ardeur. Et elle ne se souciait nullement de lire sur le visage d'Alain; elle fumait, couchée sur le dos, tandis qu'Alain, appuyé sur un coude, regardait plus loin qu'elle.

— Mais je le suis.

— Pourtant, si la police n'était pas arrivée chez ces gens, vous auriez fumé.

— Mais non. C'est peut-être vous qui auriez fumé; je vous aurais regardée.

— Croyez-vous? En tout cas, vous avez été prendre de l'héroïne dans le lavabo du restaurant.

— Mais non, c'est une vieille habitude que j'ai d'aller au lavabo.

Il était vrai qu'Alain n'avait pas repris de drogue; mais aller aux cabinets avait toujours été pour lui un alibi pour justifier sa perpétuelle absence.

— Et puis, Alain, on dit qu'il est impossible de se désintoxiquer.

— Vous savez bien que je n'ai pas envie de crever dans la drogue.

La réponse était terriblement vague; mais Lydia ne posait jamais de questions et n'attendait jamais de réponses.

— Quand nous serons mariés, nous ferons un voyage en Asie, se contenta-t-elle d'avancer.

L'agitation lui semblait la façon de tout arranger.

— C'est ça, en Asie ou en Chine.

Elle sourit. Elle se redressa et s'assit.

— Oh! mais Alain, cher, il fait grand jour, il faut que je rentre à l'hôtel.

Un élément innommable coulait à travers les rideaux.

— Votre train n'est qu'à dix heures.

— Ah oui! Mais j'ai des tas de choses à faire. Et puis j'ai une amie à voir.

— Où?

— A l'hôtel.

— Elle dort.

— Je la réveillerai.

— Elle vous injuriera.

— Ça ne fait rien.

— Allons.

Mais comme il allait se lever, il eut un scrupule ou une crainte.

— Venez dans mes bras, encore.

— Non, cher, c'était très bien, je suis contente. Mais embrassez-moi.

Il lui donna un baiser assez grave pour qu'elle eût envie de rester à Paris.

— Je vous aime d'une façon très particulière, dit-elle lentement, en regardant enfin le beau visage émacié d'Alain.

— Je vous remercie d'être venue.

Il dit cela avec cette discrète émotion qu'il laissait entrevoir parfois et dont la manifestation inattendue lui attachait soudain les êtres.

Mais, selon son habitude, il céda à un absurde mouvement de pudeur ou d'élégance et il sauta hors du lit. Alors, elle en fit autant, et disparut dans la salle de bain.

Pendant qu'elle retirait de l'intime de son ventre le sceau de sa stérilité et procédait à une brève ablution, la glace refléta, sans qu'elle s'y intéressât, de belles jambes, de belles épaules, un visage exquis, mais qui paraissait anonyme à force d'être blême, et stupide à cause d'une froideur empruntée. Sa peau, c'était le cuir d'une malle de luxe, qui avait beaucoup voyagé, fort et sali. Ses seins étaient des emblèmes oubliés. Elle s'essuya, en écartant ses cuisses où les muscles se ramollissaient un peu. Puis elle rentra dans la chambre pour y prendre son sac.

Alain se promenait en long et en large, en fumant une nouvelle cigarette. Elle en reprit une aussi. Alain la regarda, sans beaucoup la voir; selon sa vieille habitude, il fouillait du regard cette chambre d'hôtel pour y découvrir un détail cocasse, sans doute navrant. Mais cette chambre de passe où défilait un bétail ininterrompu était plus commune qu'une pissotière, on n'y voyait même pas d'inscriptions. Il n'y avait que des taches, sur les murs, sur le tapis, sur les meubles. On devinait sur les draps d'autres taches, masquées par la chimie du blanchissage.

— Vous ne trouvez rien?

— Non.

Ce corps d'Alain, qui tenait une cigarette, c'était un fantôme, encore bien plus creux que celui de Lydia. Il n'avait pas de ventre et pourtant la mauvaise graisse de son visage le faisait paraître soufflé. Il avait des muscles, mais qu'il soulevât un poids aurait paru incroyable. Un beau masque, mais un masque de cire. Les cheveux abondants semblaient postiches.

Lydia était retournée à la salle de bain pour

peindre, par-dessus sa face de morte, une
étrange caricature de la vie. Du blanc sur du
blanc, du rouge, du noir. Sa main tremblait.
Elle regardait, sans effroi ni pitié, cette subtile
flétrissure qui mettait ses toiles d'araignées aux
coins de sa bouche et de ses yeux.

— J'aime bien ces sales hôtels, cria-t-elle à
Alain, ce sont les seuls endroits que je trouve
intimes dans le monde, parce que je n'y suis
jamais allée qu'avec vous.

— Oui, soupira-t-il.

Elle lui plaisait, parce qu'elle ne disait que
des choses nécessaires. Il entrevoyait d'ailleurs
que cette nécessité était mince.

Elle était de nouveau dans la chambre. Elle
tenait à la main son sac qu'elle fouilla pour en
tirer un carnet de chèques, puis un stylo, tout
en regardant Alain. Son regard exprimait une
complaisance aiguë, mais sans espoir. Elle posa
un pied sur le lit et écrivit sur son genou. Cette
nudité, rudement dépouillée de toute coquetterie, ne pouvait émouvoir.

Elle lui tendit un chèque. Il le prit et le
regarda.

— Merci.

Il attendait cet argent avec confiance, et il
avait dépensé cette nuit-là tout ce qui lui
restait des deux mille francs qu'elle lui avait
donnés, lors de son arrivée à Paris. Maintenant
elle avait écrit : 10 000. Mais il devait 5 000
à la maison de santé et 2 000 à un ami qui lui

avait fourni de la drogue. Autrefois, il aurait
trouvé miraculeux qu'on lui donnât dix mille
francs d'un coup, maintenant c'était un coup
d'épée dans l'eau. Lydia était plus riche que
Dorothy, mais pas assez riche. La pauvreté exas-
pérée d'Alain faisait un vide de plus en plus
énorme qui n'aurait pu être comblé que par
une grosse fortune, de celle qu'on ne rencontre
pas tous les jours.

Il lui sourit gentiment.

— Je m'habille, Alain, cher.

Il ramassa ses vêtements épars et s'en alla
à son tour dans la salle de bain.

Un peu plus tard, ils descendirent. Les
couloirs étaient vides; ils sentirent derrière
les portes le lourd sommeil universel. Une
bonne échevelée et livide s'arracha à un fauteuil où elle ronflait en boule et leur ouvrit la
porte. Comme Alain avait donné tout l'argent
qui lui restait au taxi qui les avait amenés
là, il détacha vivement sa montre-bracelet et
la lui donna. La femme en fut tirée de sa stu-
peur; pourtant elle lui jeta un regard de dépit,
car elle n'avait pas d'amant à qui refaire ce
cadeau.

On était en novembre, mais il ne faisait pas
bien froid. Le jour glissait sur la nuit comme
un chiffon mouillé sur un carreau sale. Ils
descendirent la rue Blanche, entre les boîtes à
ordures, remplies d'offrandes. Lydia marchait en
avant, haute, les épaules droites, sur des che-

villes d'argile. Dans la grisaille de l'aube, son
fard posait ici, puis là, une tache fiévreuse.

Ils arrivèrent à la place de la Trinité. Le
bistrot du coin de la rue Saint-Lazare était
ouvert; ils y entrèrent. Le petit peuple qui
y prenait des forces considéra, un instant
avec une pitié avertie, ce beau couple en déroute.
Ils burent deux ou trois cafés, puis ils repartirent.

— Alain, allons encore à pied.

Il fit oui de la tête. Mais la Chaussée-d'An-
tin lui parut décourageante, et soudain il appela
un taxi qui roulait solitaire comme une bille
sur un billard hanté. Elle fronça les sourcils; il
lui parut si triste qu'elle refréna sa protestation :

— Je ne pourrai pas vous accompagner au
train, déclara-t-il d'une voix un peu rauque,
en claquant la portière. Si je ne suis pas à huit
heures à la maison de santé, le médecin me
fichera à la porte.

Il était sincèrement navré. Elle n'en douta
pas, car aucun homme n'était aussi attentif que
lui à toutes les petites cérémonies du sentiment.

— Alors, venez à New York, Alain, aussitôt
que vous pourrez. Je vous enverrai de l'argent;
je regrette de n'en avoir pas plus aujourd'hui.
Je suis sûre que ce que je vous ai donné ne
peut vous suffire. Et nous nous marierons.
Embrassez-moi.

Elle lui tendit une bouche qui était une

ligne pure, mais qui sentait la nuit amère. Il
l'embrassa avec bravoure. Quel beau visage en
dépit du fard, de la fatigue, d'une certaine
convention d'orgueil. Elle aurait pu l'aimer,
mais sans doute prenait-elle peur, définitive-
ment.

Soudain, il pensa qu'il allait se retrouver
seul, et, se rencognant dans le fond du taxi,
il laissa échapper un violent gémissement.

— Quoi, Alain?

Elle lui saisit la main, comme si l'espoir la
prenait. Leur froideur résignée, leur tranquille
affectation craquaient.

— Venez à New York. Mais il faut que je
reparte.

Alain ne voulut pas crier : Pourquoi repartez-
vous? Cependant, il savait bien qu'elle n'avait
aucune bonne raison. Elle, de son côté, se
trouva décidément trop faible pour écarter
d'Alain ce qu'on lui avait toujours dit être sa
fatalité.

Ils arrivèrent à l'hôtel. Il sauta sur le trot-
toir, sonna et lui baisa la main. Elle le regarda
encore avec de grands yeux bleus dilués, étalés
sur ses joues. Ce pauvre garçon charmant, le
quitter, c'était le livrer à son plus terrible
ennemi, à lui-même, c'était l'abandonner à ce
jour gris de la rue Cambon — au bout, les
tristes arbres des Tuileries. Mais elle se réfugia
dans la décision qu'elle avait prise par précau-
tion : ne rester que trois jours à Paris. Lui,

serra les lèvres, se raidit et enfin souhaita qu'elle demeurât enfermée dans son étroit type de jolie femme, ignorante de cela même qu'elle aimait. Ainsi ce petit jour resterait gris, il n'y aurait jamais de soleil.

— A Saint-Germain, murmura-t-il d'une voix finie au chauffeur, tandis que la lourde porte de l'hôtel se refermait sur une cheville si mince, d'une soie si fine.

Le taxi l'emmena, somnolent et transi, vers la maison de repos du docteur de la Barbinais.

Alain ne descendit de sa chambre qu'à l'heure du déjeuner.

La salle à manger, le salon, les couloirs, les escaliers, étaient tapissés de littérature. Le docteur de la Barbinais n'avait pas craint d'aligner sous les yeux des neurasthéniques qu'il soignait les portraits de tous les écrivains qui depuis deux siècles s'étaient rendus célèbres par leurs chagrins. Avec l'innocente perversité du collectionneur, il les faisait passer peu à peu des solides visages des rêveurs de l'autre siècle, à ceux, bien élimés, de certains contemporains. Mais, pour lui comme pour ses hôtes, il ne s'agissait que de célébrité. Pour Alain, ç'aurait pu être d'autre chose; mais il se voyait là dans un de ces musées où il ne mettait jamais les pieds, aussi passait-il fort vite.

Tout le monde était déjà à table autour du docteur et de Mme de la Barbinais. Ces repas en commun apparaissaient à Alain le moment le plus incroyable de son séjour dans un lieu qui

réunissait les caractères également horribles de
la maison de santé et de la pension de famille.

Il était obligé de regarder les visages qui
entouraient la table. Ce n'étaient pas des fous,
mais seulement des faibles : le docteur s'assurait une clientèle facile.

Mlle Farnoux souriait à Alain avec une maigre convoitise. Farnoux, les Forges Farnoux,
canons et obus. C'était une petite fille entre
quarante et soixante ans, chauve et portant sur
son crâne exsangue une perruque noire. Née de
vieillards, si chétive, si pauvre de substance, elle
vivait au milieu de ses millions dans une indi-
gence incurable. De moment en moment, elle
venait se reposer chez le docteur de la Barbinais
de la fatigue de plus en plus exquise que lui
donnait l'effort non pas de vivre, mais de regarder les autres vivre. Elevée dans le coton, elle
avait appris de bonne heure à ménager sa res-
piration ; pourtant, exténuée, elle devait s'arrêter tous les trois mois, et se mettre provisoire-
ment au tombeau. Dans les moments où elle
faisait semblant de vivre, elle était, il est vrai,
d'une agitation fiévreuse. Escortée d'un énorme
chauffeur, qui la portait de salon en salon, et
d'une vieille secrétaire humiliée qui lui donnait ses clystères et timbrait sa correspondance,
elle courait l'Europe, pour grignoter et décorer
toutes les célébrités. Elle était affamée de vitalité ;
le peu qu'elle en avait était concentré dans un
seul effort, celui d'en découvrir davantage chez

les autres. Bien que la pente de son tempéra-
ment fût pour le mièvre, elle méprisait ce qui
lui ressemblait, et se poussait jusqu'aux natures
les plus éclatantes. Devant un écrivain russe aux
poings de portefaix, elle étouffait un petit cri,
blessée aux entrailles, mais elle se raccrochait
à cette masse de chair imbibée de sang.

Un goût lointain, mais lancinant, la jetait
encore vers d'autres pistes que celles de la
gloire. Elle portait un germe de luxure qui
n'avait pas pu s'épanouir et qui remuait dans
sa cervelle comme une graine morte. Elle ne
pouvait se contenter du spectacle que lui
donnait son chauffeur qui était pédéraste et
fronçait ses lourdes épaules à l'apparition
de tout jeune homme, ni des attouchements
mielleux et d'ailleurs purement allusifs de
sa pauvre suivante; il lui fallait tourner avec
des sourires infimes et des œillades ignomi-
nieuses autour de tous les êtres qui avaient
quelques dons de séduction et en faisaient
commerce.

Elle était mordue de son éternel regret
devant Alain, dont elle s'était fait, depuis
longtemps, conter les amères bonnes fortunes, dans ces salons louches où elle frôlait
les faiseurs et les va-nu-pieds de tous les
vices.

Dans son autre voisin, le marquis d'Averseau,
se trouvait apparemment l'ensemble le plus
complet de tout ce dont elle était friande : un

beau nom, puisqu'il descendait du maréchal
d'Averseau; un titre littéraire, puisqu'il avait
écrit une *Histoire des princes français qui furent
sodomites;* et enfin, une place dans la chronique
des petits scandales. Mais il était hideux; il
lui aurait fallu du génie pour faire supporter
ses dents vertes, sous une lèvre enflée et enve-
nimée. Et ses anecdotes de Toulon étaient bien
rebattues.

Au-delà de M. d'Averseau, c'était Mlle Cour-
tot, qui, non moins que Mlle Farnoux, lorgnait
Alain. Elle était énorme et squelettique. En
dépit des efforts qu'avait faits son père, le baron
Cournot, qui avait écrit des livres sur la philosophie de l'hygiène, il n'avait jamais pu faire
pousser de la bonne chair sur cette ossature
périmée. Bichette Cournot courait à travers le
siècle comme un pauvre plésiosaure, échappé
d'un muséum. Elle était de feu, mais les
hommes fuyaient ses étreintes démesurées. De
là, grande neurasthénie. Comme personne ne
s'occupait d'elle, elle se croyait toujours seule;
à la table des Barbinais, elle en venait à gratter
par moments, par-dessus la soie de sa robe, ses
longs seins en peau de serpent.

Plus loin, deux hommes causaient : M. Moraire et M. Brême. Tous les deux avaient été
financiers et avaient considérablement accru
des fortunes de famille. Mais des ennuis domestiques étaient venus à bout de leurs nerfs
dégénérés : cocus, tourmentés par des enfants

vicieux, l'agent de change catholique et le coulissier juif avaient croisé, ces jours-ci, chez le docteur de la Barbinais leurs chemins longtemps parallèles. Ils se haïssaient cérémonieusement avec cette puissance de mutuelle considération qu'ont les uns pour les autres les juifs et les chrétiens.

Enfin, Mme de la Barbinais. C'était la seule folle de la maison. Bien qu'elle obligeât sans cesse son mari à lui faire l'amour, son gros ventre criait encore famine. Elle était entrée plusieurs fois chez Alain, les joues violettes, contenant des deux mains la panique de tous ses organes, car le prurit qui travaillait sa matrice semblait gagner son foie, son estomac. Elle avait des bâillements obscènes. Alain lui parlait avec une bonhomie si gentille qu'elle y trouvait une sorte de calmant; en titubant, elle repassait la porte et courait se rejeter sur le docteur.

Le docteur était un geôlier inquiet. Ses gros yeux globuleux roulaient dans des joues creusées par l'angoisse de perdre ses pensionnaires et la barbiche, qui lui tenait lieu de menton, tremblait sans cesse.

Tous ces gens mangeaient et papotaient. Alain, muet, regardait la carafe de vin rouge placée devant lui. Il n'en buvait point : le jour qu'il était sorti d'une autre maison de santé, lors d'une précédente désintoxication, il était entré dans le premier bistrot venu et, pris d'une

fringale subite pour quelque chose qui le brûle-
rait, avait lampé un litre du plus lourd picolo.
Cet alcool, sur sa longue diète, avait fait l'effet
d'une coulée de pétrole. Dans la rue, il s'était
mis à hurler, à insulter la foule. On l'avait
emmené au poste.

— Vous étiez à Paris cette nuit! soupira
Mlle Farnoux avec gourmandise.

Chacun, dans la maison, savait qu'Alain
avait découché, chacun en avait de l'envie, mais
aussi et surtout de l'épouvante. Et cette épouvante allait jusqu'au scandale; tous ces valé-
tudinaires réprouvaient Alain qui jouait avec
les dieux de leur terreur, la maladie et la mort.

— Il y a de belles personnes qui ont dû être
bien contentes de vous voir revenu, continua
Mlle Farnoux.

— Les belles personnes ne sont pas difficiles.

— Vous, vous êtes difficile.

— Ne croyez pas ça.

— Si vous n'étiez pas difficile, vous ne seriez
pas où vous en êtes.

Tandis qu'elle prononçait ces paroles qui
semblaient empreintes de compréhension et de
sympathie, son œil bleu, cependant, se faisait
dur. Si Alain lui avait ouvert les bras, à la condi-
tion de partager les excès, les risques dont on
parlait, elle aurait refusé, car elle était attachée
comme une avare au chétif trésor de sa vie;
mais elle lui en voulait de sa témérité et se
réjouissait presque de la lui voir payer, car

Alain était pâle et avait les traits creusés.

— Vous n'êtes jamais allée en Amérique?
demanda Alain machinalement.

— Non, j'ai à peine le temps de connaître
notre vieille Europe et là-bas, avec leur brutalité, ils me tueraient. Mais vous, vous y êtes
allé, on m'a dit que vous aviez beaucoup
plu.

Elle songea que ces Américaines avaient dû
donner de l'argent à Alain sans compter; elle,
aurait compté.

M. d'Averseau profita de cet instant de songe-
rie pour lui faire sa cour; mais sa nature aigre
l'entraînait comme d'habitude sur un terrain
dangereux.

— Vous n'avez pas lu *L'Action française* de
ce matin? Le Maurras est naturellement absurde, mais il y a un article sur la cour de Louis XIV
qui dépasse les bornes. Il y a là un pauvre
professeur de province qui oppose le monde
de Racine à celui de Proust. Mais il n'a qu'à
lire les lettres de la Palatine : on y voit les
mêmes goûts qu'aujourd'hui.

— Je ne lis jamais *L'Action française*, répondit sèchement Mlle Farnoux qui avait gardé
des origines plébéiennes de sa famille une
certaine haine des opinions d'extrême-droite.

— Il me faut bien la lire puisque toute ma
famille la lit, continua doucereux M. d'Averseau, mais je ne l'aime pas. Je disais encore,
l'autre soir, à mon oncle...

Il disait vrai, son vice ou sa faible conception lui faisait haïr toute attitude un peu violente.

Il méprisait de plus la roture de Maurras et trouvait intempestif le zèle de tant de petits bourgeois pour des valeurs dont les débris clinquants lui suffisaient comme parure.

— Comment va le duc ? demanda Mlle Farnoux qui redevenait aimable, en voyant miroiter tous les titres accumulés dans la famille d'Averseau.

— Mieux, en ce moment, répondit M. d'Averseau, satisfait de reprendre son ascendant sur les Forges... Ce jeune homme a ramené une bien mauvaise mine de Paris; il était plus beau, il y a quelques années.

— Il l'est encore un peu, vous le regardez assez.

— Cela ne tire pas plus à conséquence que pour vous.

Alain ne sentait pas les yeux de ces gens sur lui; il n'était plus sensible depuis quelques mois à l'universel et infime qu'en-dira-t-on.

Fuyant comme la peste la conversation politique de Mlle Farnoux, il feignit de bavarder avec Mme de la Barbinais.

Il retrouva les mêmes soupirs.

— Encore une nuit blanche, lui murmurait-elle d'une voix étranglée.

— Une nuit bien raisonnable.

— Enfin, vous n'avez pas trop mauvaise mine. Il faut vous recoucher, cet après-midi, dormir encore. Oui, recouchez-vous, recouchez-vous.

— Pourquoi, monsieur Brême, accaparez-vous toujours M. Moraire ? s'écria à travers la table le docteur qui se souciait de mettre du liant entre tous ses commensaux. Nous aimerions tous suivre votre discussion.

M. Brême et M. Moraire donnaient tous deux dans la mystique. Le confesseur de M. Moraire lui avait conseillé quelques ouvrages de vulgarisation sur le thomisme et il se défendait comme il pouvait contre les attaques de M. Brême qui était bien plus versé que lui dans la théologie chrétienne et se préparait peut-être à une conversion tout en tourmentant son voisin.

Mlle Cournot jeta soudain un regard sur les deux bonshommes et s'écria avec une violence inattendue :

— Oh! oui, ce serait bien intéressant.

Mais son œil demeurait dans le vague.

M. Brême et M. Moraire hochaient la tête avec importance.

Ces hochements de tête firent éclater de rire Alain qu'aussitôt Bichette regarda avec des yeux fous.

Heureusement, le déjeuner s'expédiait vite. Alain évita le café dans le salon et grimpa dans sa chambre.

Au dehors, il pleuvait et il retrouva avec effroi les grands feuillages rouillés et dégout-

tants qui battaient sa fenêtre. Alain craignait
la campagne, et novembre, dans ce parc
humide, cerné par une banlieue maussade, ne
pouvait qu'accroître sa crainte.

Cependant, il aimait sa chambre, qui, en
dépit du jour bas, était plus avenante que toutes
les chambres d'hôtel où il avait passé depuis
qu'il avait quitté sa famille. Il alluma une
cigarette et regarda autour de lui.

Les choses sur la table et la cheminée étaient
parfaitement rangées. Dans le cercle de plus
en plus restreint où il vivait, tout comptait.
Sur la table il y avait des lettres, des factures
classées en deux paquets. Puis, une pile de
boîtes de cigarettes, une pile de boîtes d'allumettes. Un stylo. Un grand portefeuille à
serrures. Sur la table de nuit, des romans
policiers ou pornographiques, des illustrés
américains et des revues d'avant-garde. Sur la
cheminée, deux objets : l'un, une mécanique
très subtile; un chronomètre de platine parfaitement plat, l'autre, une affreuse petite statuette
de plâtre coloriée, d'une vulgarité atroce,
achetée dans une foire, qu'il transportait
partout et qui représentait une femme nue.
Il la disait jolie, mais il était content qu'elle
enlaidît sa vie.

Sur la glace étaient collées des photos et des
découpures de journaux. Une belle femme,
prise de face, se renversait en arrière et montrait
les émouvantes liaisons de son menton avec

son cou tendues à se rompre, une bouche
fuyante de droite et de gauche, la double fosse
du nez, l'inégal horizon des sourcils. Un
homme, renversé aussi, mais pris de dos,
offrait au contraire la plage de son front borné
au second plan par une lisière touffue, que
surmontait le promontoire raccourci du nez.
Entre ces deux photos, un fait divers collé
par quatre timbres réduisait l'esprit humain
à deux dimensions et ne lui laissait pas d'issues.

Cette chambre était aussi sans issue, c'était
l'éternelle chambre où il vivait. Lui, qui depuis
des années n'avait pas de domicile, avait pourtant son lieu dans cette prison idéale qui se
refaisait pour lui tous les soirs, n'importe où.
Son émoi, évidé, était là, comme une plus petite
boîte dans une plus grande boîte. Une glace, une
fenêtre, une porte. La porte et la fenêtre ne
s'ouvraient sur rien. La glace ne s'ouvrait que
sur lui-même.

Cerné, isolé, Alain, à la dernière étape de sa
retraite, s'arrêtait à quelques objets. A défaut
des êtres qui s'effaçaient aussitôt qu'il les quittait, et souvent bien plus tôt, ces objets lui
donnaient l'illusion de toucher encore quelque
chose en dehors de lui-même. C'est ainsi
qu'Alain était tombé dans une idolâtrie mes-
quine; de plus en plus, il était sous la dépen-
dance immédiate des objets saugrenus que sa
fantaisie courte, sardonique élisait. Pour le primitif (et pour l'enfant) les objets palpitent; un

arbre, une pierre sont plus suggestifs que le corps d'une amante, et il les appelle dieux parce qu'ils troublent son sang. Mais pour l'imagination d'Alain, les objets n'étaient pas des points de départ, c'était là où elle revenait épuisée après un court voyage inutile à travers le monde. Par sécheresse de cœur et par ironie, il s'était interdit de nourrir des idées sur le monde. Philosophie, art, politique ou morale, tout système lui paraissait une impossible rodomontade. Aussi, faute d'être soutenu par des idées, le monde était si inconsistant qu'il ne lui offrait aucun appui. Les seuls solides gardaient pour lui une forme.

En quoi il se leurrait. Il ne voyait pas que ce qui leur donnait encore à ses yeux un semblant de forme, c'était des résidus d'idées qu'il avait reçus malgré lui de son éducation et dont il façonnait inconsciemment ces morceaux de matière. Il aurait ri au nez de quelqu'un qui l'aurait assuré qu'il y avait un rapport secret, ignoré ou nié à tort par lui, entre l'idée de justice par exemple et le goût de symétrie qui tenait sa chambre si bien rangée. Il se flattait d'ignorer l'idée de vérité, mais il s'extasiait devant une pile de boîtes d'allumettes. Pour le primitif un objet, c'est la nourriture qu'il va manger, et qui lui fait saliver la bouche ; pour le décadent, c'est un excrément auquel il voue un culte coprophagique.

Ce jour-là, Alain jetait sur tout ce qui l'entourait un regard plus suppliant que jamais : le départ de Lydia le touchait. Ce départ venait doubler et approfondir une absence, celle de Dorothy. Il se sentait de plus en plus encerclé par les circonstances qu'il avait laissées se poser autour de lui. Et quel plus terrible signe que celui-ci : une logique captieuse le ramenait dans un milieu dont il avait essayé de s'arracher par toutes sortes d'éclats. Ce quarteron de toqués tranquilles, qui étaient en train de boire du café dans le salon en bas, sous les portraits de Constant et de Baudelaire, c'était sa famille, retrouvée : sa mère, macérée dans un regret craintif de l'amour; son père qui se reprochait de n'avoir fait que les économies d'un petit ingénieur; sa sœur divorcée sans emploi; chacun rêvassant devant les deux autres. Des années d'efforts insuffisants, qui ne s'étaient pas multipliés les uns par les autres, le laissaient retomber à zéro.

Il se tenait là debout, le tabac brûlant entre ses lèvres, sans aucune ressource, ni en dedans, ni en dehors de lui.

Alors l'habituelle réaction se produisit. Aux parois nues qui enfermaient son âme, il ne vit plus soudain, des rares fétiches qui les ornaient, que celui qui résumait tous les autres : l'argent. Il tira de son portefeuille le chèque de Lydia, il s'assit à sa table et le posa devant lui à plat. Il s'absorba tout entier dans la contemplation de ce rectangle de papier, chargé de puissance.

Alain, depuis qu'adolescent il avait senti des

désirs, ne pensait qu'à l'argent. Il en était séparé par un abîme à peu près infranchissable que creusaient sa paresse, sa volonté secrète et à peu près immuable de ne jamais le chercher par le travail. Mais cette distance fatale, c'était cela même qui séduisait ses regards. L'argent, il en avait toujours et il n'en avait jamais. Toujours un peu, jamais beaucoup. C'était un prestige fluide et furtif qui passait perpétuellement entre ses doigts, mais qui jamais n'y prendrait consistance. D'où venait-il? Tout le monde lui en avait donné, des amis, des femmes. Ayant traversé dix métiers, il en avait même gagné, mais en quantités dérisoires. Il avait souvent eu deux ou trois mille francs dans sa poche, sans jamais être sûr d'en avoir autant, le lendemain.

Aujourd'hui, il avait dix mille francs devant lui. Il n'avait jamais tiré dix mille francs de personne d'un seul coup. Sauf de Dorothy à Monte-Carlo, mais c'était pour jouer. Il n'aimait pas le jeu : le jeu n'était pour lui qu'un prétexte à demander de l'argent à Dorothy. Mais il le jouait tout de même; alors, il le perdait.

Dix mille francs, c'était donc plus que son butin habituel, mais ce n'était pas assez. Ce n'était rien. Il avait deux cent mille francs de dettes, d'abord; et puis sa faculté de dépenser, sa brusquerie à casser un billet dans une soirée avait crû d'année en année.

Il avait, certes, toujours douté du lendemain, mais la réalité du doute n'était en lui que depuis peu. Il s'apercevait qu'il y a une limite au tapage, qu'il est impossible d'imposer comme la règle, au cercle restreint des amis taillables, ce qu'ils considèrent comme l'exception. Il était las de cette perpétuelle, spasmodique et faible pressuration, dont il connaissait la mesure définitive : jamais plus de deux ou trois mille francs. Il savait que le ressort principal de son crédit, sa jeunesse, était à bout.

Enfin, Lydia lui redonnerait-elle dix mille, vingt mille, trente mille francs ?

Pour qu'elle les donnât, il fallait qu'il partît pour New York. Pour partir, il fallait qu'il ne recommençât pas à se droguer.

Or, le soir même, il allait se droguer de nouveau, puisqu'il avait dix mille francs.

L'argent, résumant pour lui l'univers, était à son tour résumé par la drogue. L'argent, en dehors du vêtement, toujours soigné mais sans excès, de la chambre d'hôtel, c'était la nuit.

Voilà ce que signifiait le chèque de Lydia, posé sur la table. C'était la nuit, c'était la drogue. Ce n'était plus du tout Lydia, que la nuit, que la drogue effaçaient. L'ivresse dans la nuit. Et la nuit et l'ivresse, à la longue, ce n'était que sommeil. Il n'était que cela : nuit et sommeil. Pourquoi vouloir lutter contre sa destinée ? Pourquoi depuis plusieurs mois se tourmentait-il, se faisait-il souffrir ? Il avait eu peur ; à un certain moment, il avait perçu cet enchaînement de causes et d'effets qui, revenant au point de départ, l'anéantissait : la drogue lui faisait perdre ses femmes et ses amis. Or, sans les uns et les autres, plus d'argent, donc plus de drogue.

Si ce n'est l'ultime dose avec laquelle on liquide et l'on s'en va. Eh bien, il était temps, ces dix mille francs, quelques nuits encore, les dernières. Vers six heures, ce soir même, il retournerait à Paris et s'enfoncerait dans la nuit définitive.

Cependant, il s'était allongé sur son lit et comme, le matin, il n'avait pas assez longtemps dormi, il s'assoupit.

A quatre heures, Alain se réveilla : on frappait à sa porte. C'était le docteur de la Barbinais.

— Je vous réveille, mon cher ami, je le regrette, car vous aviez besoin de vous reposer.

— Asseyez-vous, docteur.

Alain resta étendu sur son lit. Le retour à la vie, après ce lourd sommeil, mettait sur son visage une désolation qui fit frémir la barbiche du docteur.

— Vous avez passé la nuit dehors; ce n'est rien, si vous n'avez pas fait de bêtises.

— Non, je n'en ai pas pris, j'étais avec quelqu'un...

— Ah! très bien.

Le docteur parut enchanté. Il comptait sur les femmes pour distraire Alain de la drogue.

Mais pour cela il aurait fallu qu'Alain aimât beaucoup les femmes et que l'une au moins, de celles qu'il connaissait, eût une idée positive de la virilité.

Alain fronça les sourcils de telle sorte

que l'enchantement de la Barbinais disparut.

— Je vais en reprendre.

— Mais non, voyons.

— Qu'est-ce que vous voulez que je fasse d'autre?

— Pas encore de lettre d'Amérique?

— Je n'en recevrai pas.

— Mais si, vous allez en recevoir une. Soyez patient.

— Je ne suis guère patient, bien que je n'aie fait qu'attendre, toute ma vie.

— Attendre quoi?

— Je ne sais pas.

— Mais aujourd'hui, vous savez très bien ce que vous attendez. Vous avouez que vous aimez votre femme et qu'elle vous aime. Quand elle va apprendre que vous faites un effort pour sortir de vos habitudes, elle va sûrement venir à votre aide.

Alain, à l'instigation du docteur, avait écrit à Dorothy une lettre où il lui assurait qu'il se guérissait et lui demandait de revenir à lui. Il comptait tour à tour sur Lydia et sur Dorothy et n'était sûr d'aucune.

— Elle m'a quitté parce qu'elle a compris que je ne pouvais pas sortir de la drogue.

— Mais vous en sortez, en ce moment.

— Vous savez bien que non.

— Je constate que vous êtes tout à fait sevré.

— Cela ne durera pas. **Dès ce soir...**

— Mais attendez au moins la réponse de votre femme.

— Je vous dis qu'elle ne répondra pas.

Alain s'estimait bien bas, pour avoir admis le bonhomme dans sa confidence. Cette espèce de prêtre poussait l'hypocrisie, pensait-il, au point de se faire vraiment bon, jusqu'au fond du cœur, de manière à pouvoir plus sûrement prendre ses clients à la frime de la morale.

Au vrai, ce qui, sous prétexte de bonté, incitait le docteur à glisser des conseils à Alain, c'était la peur. Il évitait avec soin de se charger de véritables mélancolies et s'en tenait à des fatigues paisibles et cossues; aussi il n'avait accepté la charge d'un toxicomane comme Alain, qu'à cause de la recommandation éblouissante d'une dame fort riche.

D'ailleurs, Alain lui-même en avait aussitôt imposé au collectionneur qui avait vu en lui un dandy spleenétique de la parenté de messieurs Chateaubriand et de Constant, en même temps qu'un exemplaire à voir enfin de près de cette mystérieuse jeunesse contemporaine. Alain ne lui en faisait pas moins peur pour cela, bien au contraire; il tremblait qu'Alain lui portât soudain il ne savait quel coup. Il roulait sans cesse autour de lui ses gros yeux fascinés. Il sentait dans ce garçon, pour le moment poli et gentil, toutes les forces dangereuses qui rôdent à travers la vie et la société, et dont il se tenait à distance dans cet asile fait d'abord pour lui-même

— où, par malheur, il s'était enfermé avec les
frénésies de sa femme. Alain était presque toujours affable avec lui; le docteur lui en savait
gré; mais il n'en était pas rassuré et craignait
toujours de voir apparaître un éclair de gouail-
lerie et de cruauté sous ces paupières volon-
tairement appesanties. Il avait le vague sentiment qu'Alain aurait pu lui dire quelque chose
qui l'aurait humilié pour longtemps.

En dépit de ses connaissances médicales, il se
persuadait pour sa tranquillité qu'Alain pouvait, sans contrainte, se débarrasser de son vice.
En tout cas, il comptait beaucoup sur les effets
d'une bonne situation sentimentale. C'est pourquoi il l'avait poussé à écrire à cette épouse
américaine qui, au reste, paierait plus sûrement
qu'Alain les cinq semaines que celui-ci avait
déjà passées chez lui.

— Ecoutez, mon cher ami, réfléchissez.
Votre lettre est partie il y a huit jours. La
réponse n'a pas pu vous parvenir encore.

Alain ricana. Le docteur, pour s'éloigner des
pensées funèbres, se tournait vers un avenir où
tout s'arrangeait. Tous les êtres que connaissait Alain se montraient vis-à-vis de lui sem-
blables à celui-là; ils se dérobaient devant son
fait.

— Je vous dis qu'elle n'a pas pu croire dans
ma lettre. Quand je me suis marié avec elle, il
y a deux ans, je lui avais déjà promis de ne plus
jamais toucher à la drogue. Je n'étais pas tout

à fait pris, à ce moment-là; j'ai tenu bon quelques mois, je buvais. Et puis, elle m'a vu retomber.

— Mais maintenant, vous êtes sur la bonne voie.

— Vous savez bien que j'en suis à ma troisième tentative.

— Les précédentes n'étaient pas sérieuses.

— Je n'ai jamais rien fait de sérieux.

— Mais vous avez beaucoup appris. Vous voyez maintenant où tout cela aboutit.

— Ça, bien sûr; j'aimerais mieux mourir que crever.

— Vous connaissez tous les tours et les détours de la tentation, vous ne vous laisserez plus prendre. D'ailleurs, vous me l'avez dit, la drogue ne vous fait plus aucun effet et ne vous amuse plus.

Alain haussa les épaules. Tout cela était vrai et parfaitement inutile.

La première fois qu'il avait touché à la drogue, c'était sans raison : une petite grue avec laquelle il couchait prenait de la coco; l'année suivante, un ami fumait. Il y était revenu de plus en plus souvent. Il avait ces nuits à remplir : il était toujours seul, il n'avait jamais de maîtresse établie parce qu'il était distrait. L'alcool, qui ne lui avait bientôt plus suffi, l'avait aussi mené à la drogue. Et il retombait toujours dans les mêmes groupes d'oisifs. Ceux-là commencent à se droguer parce qu'ils ne font

rien et continuent parce qu'ils peuvent ne rien
faire.

Il avait découvert l'héroïne dont il avait été
surpris et séduit. Au fond, il avait cru pendant
quelque temps au paradis sur la terre. Maintenant cette illusion éphémère lui faisait hausser
les épaules.

Il avait eu son premier arrêt au cœur, il
était tombé un soir raide chez des amis. C'était
le moment où il était parti pour l'Amérique.
Il avait continué néanmoins, à New York, où
les tentations ne lui avaient pas plus manqué
qu'à Paris. Pourtant, il n'y avait pas encore dans
son habitude une parfaite régularité, il pouvait
encore supporter des interruptions ; et, quand il
avait rencontré Dorothy, il avait pu, pendant
plusieurs mois, lui faire hommage d'une à peu
près complète abstinence.

Mais il était retombé et tout à coup il avait
senti une prise sur son être toute nouvelle, une
griffe inexorable. Régularité obligatoire, cadence
rapprochée, croissance des doses. Il avait commencé d'avoir peur d'autant plus que Dorothy
l'avait abandonné au cours d'un voyage en
Europe, ce qui lui avait fait voir tout à coup la
drogue comme un agent tout à fait indépendant
de sa volonté, qui par tous les moyens lui rendait la vie impossible.

C'était alors qu'il avait voulu se désintoxiquer selon les rites, en entrant dans une maison
de santé. Il y avait trouvé le sentiment de toute

sa déchéance. Au milieu des fous et sous la coupe des docteurs et des infirmiers, il retombait dans des servitudes primaires : lycée et caserne. Il lui fallait s'avouer un enfant ou mourir.

Et, ayant atteint le point abstrait et illusoire de la désintoxication, c'est-à-dire n'absorbant plus du tout de drogue, il avait achevé de prendre conscience de ce que c'était que l'intoxication. Tandis qu'il semblait physiquement séparé de la drogue, tous les effets en demeuraient dans son être. La drogue avait changé la couleur de sa vie, et alors qu'elle semblait partie, cette couleur persistait. Tout ce que la drogue lui laissait de vie maintenant était imprégné de drogue et le ramenait à la drogue. Il ne pouvait faire un geste, prononcer une parole, aller dans un endroit, rencontrer quelqu'un sans qu'une association d'idées le ramenât à la drogue. Tous ses gestes revenaient à celui de se piquer (car il prenait de l'héroïne en solution); le son de sa voix même ne pouvait plus faire vibrer en lui que sa fatalité. Il avait été touché par la mort, la drogue c'était la mort, il ne pouvait pas de la mort revenir à la vie. Il ne pouvait que s'enfoncer dans la mort, donc reprendre de la drogue. Tel est le sophisme que la drogue inspire pour justifier la rechute : je suis perdu, donc je puis me redroguer.

Enfin, il souffrait physiquement. Cette souffrance était grande; mais, même si elle eût été moindre, elle eût encore été terrible pour un être dont toutes les lâchetés devant la rudesse de la vie s'étaient conjurées depuis longtemps pour le maintenir dans cette dérobade complète du paradis artificiel. Il n'y avait en lui aucune ressource qui puisse le défendre contre la douleur. Habitué à se livrer à la sensation du moment, incapable de se former de la vie une conception d'ensemble, où se compensassent le bien et le mal, le plaisir et la douleur, il n'avait pas résisté longtemps à l'affolement moral que lui valait la douleur physique. Et il s'était redrogué.

Mais alors, les étapes de la drogue, par où il repassait, lui étaient apparues, cette fois, sous un jour nouveau, terne. Chaque degré de sa chute, il voyait quel piège médiocre ç'avait été. Ce n'était plus le délice d'un mensonge qu'on devine, mais qu'on laisse se cacher sous le masque séduisant de la nouveauté : maintenant, un démon surchargé de travail bâclait un client de plus et répétait avec négligence une vieille ruse imbécile : « Si tu en prends un peu aujourd'hui, tu en prendras moins demain. »

Lui qui s'était plaint de la monotonie des jours, il la retrouvait dans le raccourci même qui lui avait semblé s'offrir à travers ces jours.

Il avait dû reconnaître aussi de façon définitive les limites étroites dans lesquelles opère la drogue. Il s'agissait uniquement d'une tona-

lité physique plus ou moins haute, plus ou moins
basse, comme ce que produisent la nourriture,
la santé. « Je suis plein » ou « je ne suis pas
plein ». C'était à cette alternative toute digestive
que se réduisaient ses sensations. Dans sa conscience ne roulaient que les idées les plus banales,
tout inspirées de la vie quotidienne, envelop-
pées d'une fausse légèreté. Il n'avait plus cette
vivacité d'humour, qui, bien avant la drogue,
lui était venue avec ses premières amertumes,
encore moins cette floraison de rêveries pro-
metteuses qui, à seize ans, lui avait fait une
courte saison de jeunesse.

Enfin, pendant un été où il n'avait pu se
baigner, ni demeurer longtemps au grand air,
il avait vu en pleine lumière les caractères véritables de la vie des drogués : elle est rangée,
casanière, pantouflarde. Une petite existence de
rentiers qui, les rideaux tirés, fuient aventures
et difficultés. Un train-train de vieilles filles,
unies dans une commune dévotion, chastes,
aigres, papoteuses, et qui se détournent avec
scandale quand on dit du mal de leur religion.

La terreur, le dégoût, un reste de vitalité, le
désir de se mettre en état de conquérir Lydia ou
de reconquérir Dorothy et, avec l'une ou l'autre,
l'argent, tout cela lui permit un suprême ras-
semblement de forces. De là, cette dernière
tentative de désintoxication qui se terminait
chez le docteur de la Barbinais.

— Vous ne m'avez pas l'air pourtant aussi

angoissé qu'il y a quelques jours. Avez-vous
encore de ces angoisses?

— Je n'ai pas des angoisses, je suis dans une
angoisse perpétuelle.

— Si vous tenez bon encore quelque temps,
peu à peu cela va se desserrer.

Alain détournait les yeux de l'hypocrite. Il
savait que le docteur, tout aveuglé qu'il fût par
la peur, possédait au moins la science extérieure
des médecins médiocres; donc, il mentait
comme un arracheur de dents. Comment pou-
vait-il parler de volonté, alors que la maladie
est au cœur même de la volonté?

Il y a là, en effet, une grande sottise de notre
époque : le médecin fait appel à la volonté des
gens alors que sa doctrine nie l'existence de
cette volonté, la déclare déterminée, divisée
entre diverses déterminations. La volonté indi-
viduelle est le mythe d'un autre âge; une race
usée par la civilisation ne peut croire dans la
volonté. Peut-être se réfugiera-t-elle dans la
contrainte : les tyrannies montantes du commu-
nisme et du fascisme se promettent de flageller
les drogués.

— Une femme saine et forte comme sont ces
Américaines vous fera oublier tout cela, répétait le docteur sur tous les tons.

Alain finit par dodeliner de la tête, acquiescer;
car un homme ne peut se maintenir continuel-
lement dans la lucidité où il voit les dernières
conséquences de ses habitudes. Il retombe dans

le clair-obscur quotidien où il contrebalance d'espoirs et d'illusions le progrès de ses actes. C'est pourquoi Alain en revenait encore pour de longs moments à l'idée qu'il avait caressée, toute sa jeunesse — cette jeunesse qui finissait, car il venait d'avoir trente ans, et trente ans c'est beaucoup pour un garçon qui n'a pour lui que sa beauté — que tout s'arrangerait par les femmes.

En ce moment, l'obscur sentiment d'échec que lui laissait le départ de Lydia le ramenait vers Dorothy.

— Vous savez ce que vous devriez faire, mon cher ami, reprit le docteur, vous devriez télégraphier à votre femme. Elle a reçu votre lettre qui a dû la toucher. Mais il faut la confirmer dans son sentiment, lui donner l'impression que vous persévérez.

— A quoi bon?

Cependant cette idée lui souriait. Il avait toujours beaucoup aimé les télégrammes où il satisfaisait son goût pour un humour désastreux et aussi ses élans de tendresse facilement abrégés.

— Mais si, télégraphiez-lui, dites-lui de prendre le premier bateau. Restez ici jusqu'à son arrivée; aussitôt qu'elle sera là, partez avec elle dans le Midi ou plus loin. Surtout n'allez pas à Paris, ne revoyez pas tous ces gens qui vous font du mal.

— Bah! un télégramme de plus ou de moins.

Ce ne sera pas mon premier, ni mon dernier, s'écria-t-il.

Puis, il reprit à part lui :

« Mon dernier si, sans doute, mon dernier. »

Néanmoins, le docteur sentait qu'il avait marqué un point ; il tâcha de profiter de son avantage.

— Puisqu'en ce moment vous êtes, somme toute, en bonne forme, il faut aussi vous occuper de vos affaires.

« Les affaires. » Alain lui rit un peu au nez. Pourtant, il y avait là encore tout un lot d'illusions dont il faisait son pain quotidien.

Le docteur avait de la considération pour les goûts saugrenus d'Alain. N'admirant spontanément que les extravagants du passé, de Byron à Jarry, il comprenait confusément que l'éloignement du temps l'aidait beaucoup à vanter des choses qui, à brûle-pourpoint, l'auraient déconcerté comme le troupeau vulgaire des contemporains d'alors. Aussi s'interdisait-il, pour ne jamais être pris au dépourvu, de jeter la pierre sur rien de ce que lui offrait son époque.

Il s'était levé et, une fois de plus, il considérait avec envie les ornements de la cheminée. Il aurait voulu se plaire à tout cela, il n'y parvenait pas ; mais le fait de pouvoir maintenir un instant ses regards sur ces objets déconcertants lui semblait un résultat dont il s'empressait de se satisfaire.

— Votre idée de boutique me paraît excel-

lente. Il faut vous occuper tout de suite de lui
donner corps. Toutes ces choses amuseront
beaucoup de gens.

Entre autres projets fantomatiques, Alain
avait celui de monter à Paris ou à New York
une boutique où il aurait réuni tous ces objets
vieillots, laids, ou absurdes, auxquels l'industrie
populaire, sur le point de finir et devenant
populacière, a donné le jour dans les cinquante
dernières années, et dont les raffinés s'étaient
entichés dans les années 20, reprenant et for-
çant les goûts bien plus anciens de quelques
artistes. Donc, Alain pensait vendre très cher
tout un bazar hétéroclite : manège de puces, col-
lections de cartes postales sentimentales ou gri-
voises, images d'Épinal, boules de verre, ba-
teaux dans une bouteille, figures de cire, etc.

Mais il fallait trouver des fonds pour monter
la boutique. A qui s'adresser? Alain avait mis
à bout tous ses amis. Il échafaudait dans sa tête
de vagues combinaisons, sans faire un pas d'ailleurs pour leur donner un peu de consistance.
Par exemple, il intéresserait à son sort Mlle Farnoux. Mais Mlle Farnoux ne dépensait pas tous
ses revenus et faisait la part stricte aux bonnes
œuvres : un journal radical, deux ou trois émi-
grés russes et quelques anciens serviteurs dont
elle s'était lassée.

Et puis Alain craignait que cette mode, vieille
de quelques années, ne passât bientôt. Il ne
savait pas qu'à notre époque composite rien ne

passe et que toutes les vieilles modes continuent
de vivre, entassées les unes sur les autres. Il y a
encore des dévots de la Renaissance et du
XVIIIᵉ dans le même temps que des collection-
neurs de masques nègres, de peintures cubistes.
D'autres encore ramassent les débris du Modern
Style ou du Second Empire. Il aurait donc pu
aller bravement de l'avant, mais il n'était pas
assez grossier pour cela.

— Par exemple, continuait le docteur qui se
lançait, vous devriez faire des ensembles comme
celui de cette glace. Ce sont des planches psy-
chologiques comme il y a des planches entomo-
logiques.

Alain ricana brusquement. Le docteur se
retourna avec effroi et vit ce qu'il appréhendait
depuis si longtemps : la figure régulière d'Alain
était tordue par un rictus, la bonne mine falla-
cieuse que lui donnait la désintoxication était
toute creusée et bossuée par les tiraillements
nerveux qui faisaient reparaître par-dessous le
décharnement de la drogue.

— Mon idée ne vous plaît pas ?

— Non.

— Drôle de garçon ! Allons, je vois que je
vous fatigue ; je vais m'en aller.

— Oui, je vais m'habiller, je vais sortir.

— Comment, vous allez ressortir ?

— Oui, j'ai un chèque à toucher.

— Ah ! c'est différent... mais pourtant vous
pourriez attendre. D'ailleurs, il est trop tard.

— C'est vrai, mais j'ai encore un rendez-vous pour cette boutique, justement.

— Et vous allez encore rentrer au jour.

— Mais non, mais non.

Alain ne se donnait pas la peine de dissimuler, et tout en disant : non, il signifiait : oui. Il en voulait au docteur de son indulgence qui lui laissait la porte ouverte sur la mort, et par ses défis il voulait l'obliger à la montrer davantage, jusqu'à la complicité.

Le docteur sentait ce défi, et en était fort gêné ; car, dans ce paisible asile, il ne s'était nullement entraîné à l'autorité. La peur de voir arriver malheur à Alain aurait pu lui donner du courage, mais plus encore que de sa témérité, il avait peur de l'ironie d'Alain. Il n'osait pas lui protester que la vie était bonne, faute de se sentir en possession d'arguments bien aigus.

Soudain, sans le regarder, il lui toucha la main et s'enfuit.

Alain, après avoir fermé les rideaux et allumé, commença à s'habiller pour sortir. Il avait encore plaisir à fouiller dans la garde-robe qui lui restait des beaux jours, quand Dorothy avait dissipé avec lui en Floride et sur la Côte d'Azur le douaire que lui avait laissé son premier mari.

Un solitaire, c'est un illusionniste. A Miami ou à Monte-Carlo, devant une malle pleine de beau linge, il nouait une nouvelle cravate en fumant une cigarette. Ses flacons, ses brosses, une robe de chambre qui traînait sur le lit illuminaient de luxe la morne chambre d'hôtel. Il avait des dollars dans sa poche; la nuit s'ouvrait, tous les philtres allaient couler, il allait plaire à tous et à toutes.

La drogue qui l'isolait de tout contact, qui le soustrayait à toute épreuve, l'avait confirmé dans cette imagination immobile.

Il choisit une chemise de batiste, un costume de cachemire, des chaussettes de grosse laine; tout cela était d'un gris uni. Là-dessus une cra-

vate à fond rouge. Cette cravate, il l'avait volée
à son ami Dubourg : il avait cru autrefois qu'il
volait par espièglerie, mais maintenant il savait
que c'était par convoitise. Il sortit aussi des sou-
liers d'un cuir épais, aux grosses coutures.
Élégance effacée jusqu'à devenir terne.

Il ne se pressait pas, au contraire, il ralentis-
sait tous ses gestes. Il aiguisait son désir.

D'ailleurs, ce désir était si abstrait qu'il pouvait presque se satisfaire soi-même. Sa débauche
serait purement mentale. Sa prise de possession
du monde se réduirait à un seul geste et ce geste
ne s'étendrait pas vers les choses. Il écarterait à
peine le bras du corps et l'y ramènerait aussitôt :
se frapper d'une aiguille. Et pourtant les habitudes d'espoir et de confiance dont est tissée la
vie sont si fortes qu'il feindrait de ne pas s'en
tenir strictement à ce geste; il irait à droite et
à gauche, il irait vers des gens, il leur parlerait
comme s'il attendait d'eux quelque chose,
comme s'il voulait partager avec eux la vie.
Mais, en fait, il n'en serait rien. A l'encontre
de ce que croit le vulgaire, les fantômes sont
aussi inefficaces qu'ils sont intangibles.

Il retardait si bien son désir que celui-ci finit
par hésiter.

A demi vêtu, il prit dans son armoire, entre
deux chemises, un joli petit étui où depuis
quelques semaines dormait la seringue. Il la
mania pendant une minute ou deux. Il la
reposa, il avait peur. Tout à l'heure, il s'était

promis éperdument à sa pente, mais aussi il avait vu où le mènerait cette rechute qui serait finale. Il alla prendre son revolver dans sa malle, et le plaça à côté de la seringue. L'un ne pouvait plus aller sans l'autre.

Or, ce n'était pas ce qu'au cours de sa première jeunesse il avait voulu.

En ce temps-là, il parlait de son suicide. Mais le meurtre ainsi caressé, c'était un acte volontaire, libre; maintenant, une force étrangère et idiote avait repris à son compte ce vœu farouche et pur de tout prétexte, qui avait peut-être été une explosion de vitalité, et cette force le poussait des deux épaules par le couloir monotone de la maladie vers une mort tardive. Aussi, sentant cet humiliant changement de règne, il s'était attardé dans son suprême asile. Il était demeuré, immobile, fragile, craignant de faire le moindre geste, sachant qu'à ce geste correspondrait son arrêt de mort.

Et voilà que ce geste lui échappait : il allait sortir, déjà il nouait sa cravate. Il abaissa ses mains pour mieux se regarder dans la glace où il se pencha comme dans l'orbe d'un puits. Les affichages le gênaient, il les arracha. Eau calme. Il aurait voulu fixer dans cette immobilité apparente son image pour que s'y rattachât son être menacé d'une prompte dissolution.

Cette dissolution était déjà fort avancée. Alain avait eu, à dix-huit ans, une figure régulière où il y avait de la beauté. Cette beauté lui avait paru une promesse dont il s'était enivré. Il se rappelait le tressaillement des femmes quand alors il entrait quelque part. Il y avait surtout dans la large structure de son visage quelque chose d'infrangible qu'il regardait avec fierté, le matin, après une nuit d'orgie. Il en avait tiré longtemps un sentiment d'impunité. Mais aujourd'hui... Bien sûr, il y avait toujours la base solide des os, mais cela même semblait atteint, comme une carcasse d'acier gondolée, tordue par l'incendie. La belle arête de son nez s'était arquée; pincée entre deux évidements, elle semblait prête à se rompre. La ligne autrefois décidée de son menton, qui marquait un si sûr défi, ne parvenait plus à s'imposer; elle tremblait, s'enlisait. Ses orbites non plus n'étaient plus des places nettes entres des tempes et des pommettes dures. Quelque chose de malsain était répandu dans tous ses tissus et les rendait grossiers, même la chair de ses yeux. Mais cette graisse jaune, qu'avait fait affleurer le travail difficile de la désintoxication, c'était encore trop de vie, trop d'être : le moindre rictus, la moindre grimace faisait reparaître ces terribles creusements, ces terribles décharnements qui avaient commencé, un an ou deux auparavant, de sculpter un masque funéraire à même sa substance de vivant. Il devinait, prêtes à reparaître, ces grisailles, ces ombres qui l'avaient rongé si profondément jusqu'au mois de juillet précédent.

Et dans la glace, il regarda encore derrière son épaule. Cette chambre vide, cette solitude... Il eut un immense frisson qui l'empoigna au creux des reins, en pleine moelle et qui courut de ses pieds à sa tête en foudre de glace : la mort lui fut tout à fait présente. C'était la solitude, il en avait menacé la vie comme d'un couteau et maintenant ce couteau s'était retourné et lui transperçait les entrailles. Plus personne, plus aucun espoir. Un isolement irrémédiable. Dorothy à New York, elle avait jeté sa lettre au feu et était allée danser avec un homme solide, sain, riche, qui la protégeait, qui la tenait. Lydia, sur le bateau, entourée de gigolos. Son frisson s'accentua encore quand il reçut l'image de ce bateau qui s'enfonçait comme une coquille de noix dans l'affreuse nuit de novembre, dans l'affreuse cuvette noire, flagellée de vents polaires.

Ses amis ? Ceux qui étaient comme lui attendaient en ricanant qu'il retombât auprès d'eux ; les autres lui tournaient le dos, entraînés, absorbés par leur incroyable amour de la vie. Ses parents ? Il les avait habitués dès longtemps à ne plus croire à son existence. Quand il habitait encore avec eux, il leur avait donné le sentiment d'une absence d'autant plus déroutante qu'elle était plus enveloppée de gentillesse. Ils l'avaient vu se retirer avec une discrétion farouche de toutes les idées et de toutes les façons qui leur semblaient les garanties de l'exis-

tence. Il avait refusé de passer son bachot, il
avait détourné tranquillement la tête devant tous
les métiers, il leur demandait de l'argent sans
excès, mais toujours un peu plus qu'ils ne pouvaient lui en donner et avec fermeté, jusqu'au
moment où ils avaient dû couper court. Alors, il
s'était enfoncé sans retour dans un monde sus-
pect où tout leur semblait étranger, inhumain,
méchant. Et quand il revenait parfois vers eux
ils n'avaient pas de paroles, ni de sentiments
pour cette ombre abominablement distraite du
monde des vivants, pour cet étranger qui les
regardait avec l'attendrissement lointain et
dérisoire d'un mort.

Il lui fallait donc crever seul, au sommet des
paroxysmes froids de la drogue.

Il alla à son tiroir et en tira les photos de
Dorothy et de Lydia pour conjurer par des
images cette solitude comme un dévot touche
une icône. Mais il regarda peu celle de Lydia.

Il avait rencontré trop tard Dorothy. C'était
la femme jolie, bonne et riche dont toutes
ses faiblesses avaient besoin; mais déjà ces faiblesses étaient consommées. Il avait trop
attendu.

Il n'avait pas su de bonne heure se jeter sur
les femmes et se les attacher alors qu'il leur plaisait et qu'il en rencontrait de toutes sortes, il
avait gardé l'habitude de son adolescence de les
attendre et de les regarder de loin. Jusqu'à
vingt-cinq ans, pendant tout le temps qu'il avait

été sain et très beau, il n'avait eu que des passades, où tout de suite il lâchait prise, découragé par un mot ou un geste, craignant tout de suite de ne plus plaire ou qu'on ne lui plût pas assez longtemps, tenté par l'amusement momentané d'une sortie bouffonne qui serait suivi, au-delà de la porte, par un enivrement d'amertume. De sorte qu'il n'avait aucune expérience du cœur des femmes ni du sien, et encore moins des corps.

Quand il était parti pour New York, les mirages s'étaient renouvelés. De fait, il avait eu soudain plus de facilité. La Française, qu'elle soit ou non une grue, veut qu'on la prenne et qu'on la garde. En contrepartie, elle est prête à un don durable. Échanges prudents et profitables. Alain s'était effrayé devant ces exigences de tendresse et de sensualité. Au contraire, l'Américaine, quand elle ne cherche pas un mari, se contente plus facilement d'une liaison étourdie. Mal éduquée, hâtive, abondante, elle ne se montre pas bien difficile sur la qualité de ce qui lui est offert dans une aventure. Alain, d'ailleurs, aidé par l'alcool et la drogue, s'était enhardi à ces contacts négligés. Mais il n'y avait pas appris grand-chose.

Aussi, quand il avait rencontré Dorothy, son désarroi avait été grand.

D'autant plus qu'une autre chose le tenait éloigné des femmes, l'idée qu'il se faisait de l'argent. Tout naturellement attiré par le luxe, il se

trouvait toujours en face de femmes riches. Or,
il se disait sans cesse que leur charme était fait
en partie de leur argent. Dans l'isolement invin-
cible où il s'enfonçait de plus en plus, cette idée
avait été en s'exaspérant.

Elle devint un tourment insupportable devant
Dorothy dont il était tombé sincèrement amoureux : elle était douce. Son scrupule se mani-
festa par une ironie atroce qu'il tournait contre
lui-même.

— Je vous aime, vous devez être riche, lui
avait-il dit un soir.

Elle lui avait répondu très sérieusement :

— Hélas ! je ne le suis pas assez, et je vous en
demande pardon.

Elle ne comprenait pas du tout l'amertume
d'Alain, parce qu'elle n'avait jamais connu
qu'un milieu où il est entendu qu'on doit avoir
de l'argent. Les pères ont travaillé pour le
gagner, mais les filles ou les fils ne s'en souvien-
nent pas et trouvent naturel que ceux de leurs
amis ou de leurs parents qui n'en ont pas se le
procurent par le seul moyen qui puisse se concevoir : le mariage.

Elle était confirmée dans ce sentiment par la
fantaisie dédaigneuse qui donnait à Alain un
air d'aristocrate à qui sont dues toutes les faci-
lités. S'estimant moins intelligente et moins raf-
finée que lui, elle ne voyait d'excuses à ses yeux
que dans son argent. Elle lui demandait pardon
de n'en avoir pas plus, elle voulait le lui prodi-

guer. Et de fait, elle mangea avec lui ce qu'elle n'avait pas gaspillé du douaire laissé par un premier mari assez riche, puis une partie de l'héritage de son père.

Or, Alain n'avait point de si grands besoins d'argent. Semblable au commun des bourgeois, il n'avait souhaité que le degré de fortune tout juste supérieur à celui qu'il avait connu dans son enfance, du fait de ses parents. Il n'avait fait jusque-là que de petites dettes. Mais il avait une fausse réputation à soutenir et il n'avait pas voulu être en reste avec sa femme sur le chapitre des dépenses. Ils avaient donc si bien fait l'un et l'autre qu'ils étaient vite arrivés à une sorte de gêne. Et cela n'avait pas peu ajouté à leurs autres difficultés.

Dorothy ne comprenait rien à cette ironie qu'il prodiguait sur lui-même, sur ses mobiles, elle croyait qu'il se méprisait de l'aimer, elle qui était sans esprit ni fantaisie. Elle imagina qu'il lui saurait gré d'une attitude modeste. Elle alla jusqu'à l'humilité, ce qu'Alain prit pour une affectation, une réplique astucieuse à ses arrière-pensées : elle feignait de s'effacer derrière son argent puisque c'était à cela qu'il en voulait. Il se crut jugé et accumula de l'amertume.

Il aurait pu passer à travers ces malentendus, s'il avait pu établir entre eux une intimité sensuelle, mais il ne le put pas. Ce débauché était ignorant, et le sentiment de son ignorance le rendait timide, il s'affola devant la pudeur de Dorothy qui n'était qu'attente craintive, à cause de son premier mari qui l'avait brutalisée et repliée dans un sommeil vierge. Alain la prit dans ses bras avec une maladresse qui lui révélait soudain à lui-même l'incroyable pénurie de sa vie. Il ne savait pas quoi faire, parce qu'il n'avait jamais rien fait. Il resta des nuits entières à côté d'elle, à grelotter de misère. Certes, elle était sa femme, mais à des moments si rapides, si égarés. Il aurait fallu qu'il pleurât, qu'il s'arrachât une confession immense et sordide; il ne le put pas. Alors il s'énerva, il grinça des dents. Ce fut aussi la raison pour laquelle il revint à la drogue; il y chercha l'oubli de la honte qui l'envahissait.

Peu à peu Dorothy s'épouvanta. Elle se voyait brisée, sans compensation. Après deux ou trois faux départs qui avaient avorté dans des retours de tendresse et de pitié, elle parvint à s'enfuir.

Et Alain avait laissé se rompre cette rencontre qui avait été la véritable chance de sa vie, parce que la drogue qui l'avait repris amortissait toutes ses appréhensions et aussi l'incitait à nourrir de nouvelles et vagues espérances autour de Lydia qui était survenue sur ces entrefaites.

Mais maintenant, il savait tout le prix de Dorothy. Au fond de lui-même, il croyait qu'il avait gardé un pouvoir sur elle et qu'il pouvait la reprendre, si enfin il s'en donnait la peine. Et il ne pouvait pas croire que l'émoi qu'il ressentait ne fût pas communicatif. Elle avait l'air si bon, sur cette photo. Sa bouche répétait ce que disaient ses yeux : une tendresse timide. Ses seins frêles disaient encore la même chose, et sa peau qui fuyait sous les doigts, ses mains friables.

Il fallait télégraphier. Il ne voulait pas·de la mort comme elle s'imposait maintenant à lui; il ne voulait pas se défaire fibre à fibre.

Il arracha sa cravate et sa chemise, s'enveloppa dans sa robe de chambre et s'assit à sa table. Il prit une feuille de papier qu'il disposa devant lui avec cette minutie qu'il apportait aux rares petits gestes qui étaient tout ce qui lui restait de la vie et aussi avec cette lenteur craintive de ceux qui n'ont ni facilité, ni habitude d'écrire.

Il commença des brouillons :

Télégraphiez réponse, besoin de vous. Minutes comptent.

Non, pas ça, trop tragique.

Vous avez un amoureux à Paris.

Non plus, après tout ce qui s'était passé. Il se rappela qu'un soir, au cours d'un séjour à Paris, il était sorti seul, et avait couru au bordel en quête d'une compensation chimérique à l'abstraction de sa vie conjugale. Quand il était rentré, elle était dans sa chambre pendant qu'il se déshabillait et voici ce qu'elle avait reçu en pleine figure : sur chacun des seins de son mari, il y avait un baiser fardé.

Ce souvenir fut si cinglant qu'il coupa son élan. Il posa son stylo, découragé, et il repensa à la drogue qui l'attendait à Paris.

Pourtant le blanc du papier appelait encore son effort.

Attends votre lettre avec patience et espoir.

C'était plat, cela lui parut prudent, sage. Il décida de s'en tenir là. Et il recopia ces mots avec complaisance sur une autre feuille.

De toute sa vie, Alain n'avait eu un geste qui marquât la poursuite aussi prolongée d'un même but. Et aussitôt, de cette feuille de papier où s'était fixé ce geste émanait une vertu. Pendant un long moment, il y avait quelque chose dans sa vie, et il allait tout reconstruire autour de cette chose. Se raccrocher, reconstruire, se raccrocher.

Il se leva, sonna. La femme de chambre vint, il lui confia le précieux télégramme. Il lui recommanda avec une insistance excessive, fiévreuse, de le porter tout de suite à la poste et il lui donna le reste des cent francs qu'il avait empruntés le matin au portier pour payer son taxi.

Puis il revint à sa table, fasciné. Il avait

entr'aperçu la puissance de l'écriture dont les mailles recueillent et rassemblent sans cesse toutes les forces diffuses de la vie humaine. Il prit le portefeuille à serrure et l'ouvrit avec une petite clef qu'il gardait toujours sur lui. Là dormaient quelques feuilles noircies. Sur l'une d'elles était écrit : *Le Voyageur sans billet*. C'était l'ébauche d'une confession réduite à quelques linéaments incertains qui s'effilochaient parmi les espaces du papier. Une phrase, un paragraphe, un mot. Il tourna les pages; moins que d'habitude, il éprouvait cette crainte et cette inhibition qui le glaçaient devant l'acte d'écrire. Il avait toujours ignoré que même si son âme n'avait pas été exsangue, il lui aurait fallu, pour pouvoir l'épancher, d'abord la contraindre, la contracter avec effort et douleur.

Il relut quelques pages qui partaient, qui hésitaient, qui se perdaient. Il aperçut les points de défaillance; et un peu de ce qui demandait à s'ajouter à ce maigre texte et, incorporé à lui, à vivre, tressaillit.

Il prit son stylo, hésita, s'enhardit, toucha le papier, le marqua. Minute émouvante : Alain se rapprochait de la vie. On lui avait appris dans certains milieux littéraires qu'il avait traversés autrefois, à mépriser la littérature. Il avait trouvé dans cette attitude une ligne de moindre résistance qui convenait à sa frivolité, à sa paresse. Et d'ailleurs, ne vivant pas, il ne pou-

vait imaginer qu'il y eût autre chose que ce qu'il
appelait avec un mépris justifié la littérature et
qui était justement cet exercice sans but auquel s'adonnent ceux-là qui lui en avaient
enseigné le mépris. Il n'avait aucune idée d'une
recherche plus profonde, nécessaire, où l'homme
a besoin de l'art pour fixer ses traits, ses direc-
tions. Et voilà que sans le vouloir, ni le savoir,
par un sursaut de l'instinct, il entrait dans le
chemin au bout duquel il pouvait rejoindre les
graves mystères dont il s'était toujours écarté.
Puisqu'il en éprouvait le bienfait imprévu, il
aurait pu concevoir dès lors la fonction de l'écriture qui est d'ordonner le monde pour lui per-
mettre de vivre. Pour la première fois de sa vie,
il mettait un semblant d'ordre dans ses sentiments et aussitôt il respirait un peu, il cessait
d'étouffer sous ces sentiments qui étaient
simples, mais qui s'étaient embrouillés, qui
s'étaient noués, faute d'être dessinés. N'allait-il
pas entrevoir qu'il avait eu tort de jeter le
manche après la cognée et d'assurer, sans y avoir
beaucoup regardé, que le monde n'est rien, qu'il
n'a aucune consistance?

Mais il fut vite fatigué, il avait complété
deux ou trois pages, il n'en avait jamais tant
fait. La petite caravane de mots, qui portait le
mince bagage de désirs dont il aurait pu fournir
sa raison d'être, qu'il avait si longtemps
abandonnée au milieu du désert du papier, à
peine l'avait-il remise en marche, que déjà il la

laissait s'arrêter et se recoucher dans le blanc.

En posant sa plume, il se dit qu'il y reviendrait demain. Et tout d'un coup il s'étonna, il regarda sa montre, il était sept heures. Il put se dire qu'il était trop tard pour aller à Paris. Il y avait en lui un peu de gravité, il pouvait tenir là où il était. Il décida de se coucher, et de dîner dans son lit, et puis de lire un peu.

Son ami Dubourg lui téléphona, il lui promit avec plaisir d'aller déjeuner le lendemain chez lui.

Le lendemain matin, vers onze heures et demie, dans un petit débit de tabac situé au bord de la route de Quarante-Sous, deux livreurs des Galeries Lafayette, descendus de leur gros camion jaune, buvaient l'apéritif.

Entra un monsieur tout en gris.

Il était bien habillé, mais il avait une drôle de tournure, une bien mauvaise mine. On était gêné à le regarder, et pourtant il n'avait pas l'air d'un méchant diable.

Il demanda des cigarettes anglaises. Le patron n'en avait pas.

— Vous devriez en avoir, déclara Alain, d'une voix cordiale, mais nerveuse.

— On n'a pas le débit, par ici.

— Il suffit d'une fois.

— Une fois ne suffit pas, c'est de la marchandise qui se gâte.

— Je vous aurais pris tout le lot. Mais enfin, vous ne saviez pas que je viendrais. Donnez-moi un Pernod.

Drôle de conversation.

Alain s'approcha du zinc et regarda vaguement les livreurs pendant qu'on lui versait la
boisson nationale. Il but son verre d'un trait et
en demanda un autre.

Puis il s'adressa aux livreurs.

— Vous rentrez à Paris ?

— Oui.

— Voulez-vous me prendre avec vous ?

— Ça nous est défendu.

— Je pense bien. Mais vous en prendrez bien
un avec moi. Patron, deux autres.

Il trinqua avec eux, puis ils l'embarquèrent.

Qu'allait-il faire à Paris ? Déjeuner chez
Dubourg. C'était tout ? Il toucherait son chèque.
Après ? Après...

En se réveillant, de son lit il avait regardé sur
la table les papiers. Mais l'émoi de la veille était
dissipé, il n'avait plus aucun élan. Aussitôt il
avait décidé de ne plus écrire, de ne plus réflé-
chir. Il avait, en même temps, justifié son changement par le déjeuner chez Dubourg : il s'était
réveillé tard, il n'avait que le temps de s'habiller.
Il avait filé en évitant le docteur.

Les deux livreurs étaient intimidés par Alain,
un peu effrayés aussi, car il leur semblait engagé
dans des voies peu fréquentées et dangereuses.

— Vous travaillez par ici ? dit l'un d'eux.

— Je ne travaille pas.

— Vous vivez de vos rentes ?

— Non.

Alain donnait sur un ton gentil ces réponses fâcheuses. Les livreurs ne pouvaient pourtant pas dire qu'il se foutait d'eux.

— Je suis malade.

— Ah! c'est donc ça.

— Ça, quoi?

— Ben, vous n'avez pas bonne mine.

— Vous pouvez dire que j'ai une sale mine.

— Vous avez peut-être été gazé.

— Gazé? Oui, j'ai été gazé.

— C'est mauvais, mais des fois on s'en remet. J'ai un copain, c'est à Montdidier qu'il a ramassé ça...

— Ne parlons pas de la guerre.

Le livreur se tut aussitôt.

Toute bonhomie avait disparu du visage d'Alain. « Ils sont tous pareils », murmura-t-il.

— Hein? demanda celui qui n'avait encore rien dit.

— Oh! rien. Ça ne vous ennuie pas de ne pas avoir d'argent?

— Ah! dame!

— Moi, ça m'ennuie.

— Forcément, si vous ne travaillez pas, vous ne pouvez pas gagner.

Les livreurs considéraient d'un air perplexe le costume d'Alain.

— Ça vous épaterait si je vous disais que je suis aussi pauvre que vous, que je suis même de la cloche.

— Vous avez pourtant l'air bien de chez vous.

— C'est un air que j'ai comme ça.

Le livreur n'insista pas; mais il n'était pas fâché, car il voyait bien qu'Alain jouait avec lui-même plutôt qu'avec un interlocuteur de hasard.

A la porte de Paris, Alain descendit, après leur avoir donné vingt francs. Il avait encore emprunté cent francs au concierge de la Barbinais en faisant passer le chèque sous son nez.

Ils le quittèrent contents et troublés.

Alain sauta dans un taxi et courut à la Bankers Trust où il palpa dix beaux billets neufs. Par habitude, il passa par le bar du Ritz où il but un Martini, parmi les fils de famille américains et des truqueurs de haut vol. Puis il se fit conduire chez Dubourg.

Dubourg habitait un petit appartement rue Guénégaud, en haut d'une antique maison. En dépit de l'électricité et de la vapeur qui pénétraient cette vieille carcasse, on la sentait rongée jusqu'à la moelle. Alain n'aimait pas ce vaste escalier où errait une odeur fade et où la lumière grelottait dans les ténèbres.

La vieille Négresse vint lui ouvrir la porte avec son croassement de bois. Il fut tout de suite au cœur de ce petit logis clair, bourré de livres, devant Dubourg. Celui-ci, selon son habitude, était allongé sur le divan bariolé, au milieu d'un amoncellement de papiers, la pipe entre les dents, la plume à la main. Une petite fille silencieuse était accroupie à côté de lui et le regardait écrire. Dubourg jeta la plume, écarta le papiers et se leva. Il était fort long et fort maigre, son crâne chauve surplombait un visage d'enfant, brouillé par la quarantaine proche.

Il tendit la main à Alain avec un mélange de joie et d'anxiété qui le rendait gauche.

— Comme je suis content de te voir. Comment vas-tu ?

— Peuh... Bonjour, Faveur.

Alain embrassa la jeune personne qui se dressait à côté de son père, déjà longue et mince comme lui, et qui se laissa faire avec un plaisir muet.

— Faveur, va-t'en.

Faveur avait déjà disparu. Dubourg regarda Alain, regarda tout autour de lui, regarda de nouveau Alain et hocha la tête. Le regard d'Alain suivit distraitement celui de Dubourg.

Dubourg était devenu égyptologue depuis peu, en même temps qu'il s'était marié. Alain avait vu, non sans ironie, se pacifier l'ancien compagnon de ses ivrogneries. Quelle défaite avait-il cherchée dans ces papyrus ? Que faisait-il d'une femme et de deux filles ? Qu'était-ce que cette solitude encombrée ?

Pourtant l'amitié était la seule ouverture par où pouvait entrer dans le cœur d'Alain quelque mansuétude. Alain qui, avec son tour d'esprit cassant, tenait, en toutes choses, le mélange de bien et de mal comme l'injure par excellence que lui faisait la vie, acceptait que Dubourg n'eût qu'un peu de ce qu'il aimait pour beaucoup de ce qu'il détestait. Dubourg avait des qualités — il ne prêtait jamais l'argent, il le donnait; ses mensonges étaient transparents; et c'était avec une tendresse pure de tout alliage qu'il disait du mal de ses amis — mais il était cagot. S'il n'en avait pas les manières, il en cachait, au fond de son cœur, toutes les arrière-pensées imbéciles. Ce n'était pas un cagot de l'amour de Dieu, mais c'était un cagot de l'amour de la vie.

Et comme d'ordinaire, il s'empressait de justifier l'opinion d'Alain; avec son regard circulaire, il avait l'air de s'excuser d'une vie paisible qu'il avait pourtant choisie.

Mais maintenant il cherchait, non sans effort, les yeux d'Alain et, s'accoudant à sa cheminée, il lui demandait :

— Où en es-tu?

— Hum!

— Quand viens-tu ici?

— Dans quelque temps.

Dubourg se désolait de l'empoisonnement d'Alain et songeait sans cesse à y remédier. Alain, aux moments d'espoir, était touché de l'attention persistante de son ami et, pour s'occuper de soi-même, voulait prendre en exemple un tel zèle. Il avait promis à Dubourg de venir

habiter rue Guénégaud comme un détenu au
sortir de la prison qui veut faire peau neuve
et dépister ses instincts. Mais Dubourg craignait le préjugé de son ami contre lui et, au lieu
de l'attaquer de front, il se perdait dans des
précautions pour ne pas l'effaroucher.

— Tu coucheras ici, insinua-t-il.

La pièce était accueillante. Par-dessus les toits
de la Monnaie, elle recevait beaucoup de lumière.
Assez étroite et très haute, elle était toute peinte
dans un blanc cru. Le tapis était crème. Là-dessus tranchaient les reliures de livres, quelques
étoffes sauvages, des fleurs. Mais tout cela était
imprégné de l'énigme doucereuse de la vie de
Dubourg.

— Tu as peur de sortir de là-bas ? continua
Dubourg, qui voyait la moue d'Alain.

— Oui.

La femme de Dubourg entra et interrompit
ces timides approches. C'était une personne
grande, mince, avec des inflexions languides,
très nue sous sa robe. De beaux cheveux, de
beaux yeux, de vilaines dents. Elle était accom-
pagnée de ses deux filles — la seconde pareille
à la première — et d'un chat. Cette petite troupe
ne faisait aucun bruit. Dubourg avait épousé,
disait-il, cette Fanny pour son extraordinaire
aptitude au silence et à l'horizontalité. « Quand
nous sommes seuls, on n'entend pas un son
dans la maison. Elle est couchée dans sa
chambre sur son divan, moi sur le mien. Il n'y

a que les enfants qui tiennent debout. » On en
doutait, à les voir elles-mêmes si nonchalantes.

Alain baisa la main de Fanny avec une grande
gentillesse. Dubourg le regardait faire avec
incrédulité, persuadé que personne d'autre que
lui ne pouvait remarquer l'existence d'une
femme qui n'était pas jolie et ne s'exprimait
que dans des transports secrets.

Elle fit signe que le déjeuner était servi. On
passa dans sa chambre où était dressée une table
légère entourée de tabourets. Comme à côté, le
tapis était très épais. Les murs étaient recou-
verts d'étoffes claires sur lesquelles se super-
posaient çà et là des morceaux de broderies
coptes, aux dessins délicats et vifs.

Pendant tout le repas, composé de deux
plats étranges, légers et subtils, et de fruits,
Alain et Dubourg parlèrent seuls. Fanny,
Faveur et l'autre fille dont Alain ne se rappelait
pas le nom, écoutaient avec un plaisir dissimulé.
Alain se sentait entouré d'un charme insinuant,
d'un complot discret : le chat même se mettait
de la partie et le frôlait comme par mégarde.

Dubourg craignit qu'il ne se cabrât et tâcha
de le divertir par des plaisanteries. Il rappelait des histoires du jeune temps : mais Alain
qui, depuis qu'il avait atteint la trentaine, se
gorgeait du souvenir de ses dix-huit ans, ne
pouvait supporter un pareil rappel sentimental
chez les autres. Pourtant Dubourg parlait avec
un détachement assez cocasse et n'usait que de

très brèves anecdotes, lancées avec feu et soudain abandonnées. Il tâchait de tirer des effets comiques du contraste assez brutal qui s'imposait à l'esprit d'Alain entre le Dubourg de dix ans auparavant et celui d'aujourd'hui.

Au sortir de la guerre, Dubourg était un jeune homme déjà chauve, mais fringant, il avait une maîtresse qui lui donnait pas mal d'argent qu'il redonnait à d'autres femmes. Son appartement était toujours rempli de filles et de garçons faciles. On buvait, on faisait l'amour. Dans la belle saison, on se promenait en Espagne, au Maroc. Il avait tôt lassé sa protectrice; puis il avait attrapé une maladie de foie et s'était blasé sur la variété des femmes. De bonne heure, il avait eu des arrière-pensées, et on le surprenait dans son lit, vers midi, tournant le dos à sa maîtresse, le nez dans de gros livres d'histoire religieuse. Un jour, il avait payé ses dettes, et demandé la main de Fanny qui d'un signe de tête avait dit oui. Il était parti pour Le Caire où elle était née et maintenant il vivait confiné dans des études absurdes, presque pauvre, avec cette douce vermine de femme et d'enfants sur le dos.

La vermine disparut après le déjeuner et laissa les deux hommes l'un en face de l'autre, dans le cabinet blanc, pourvus de café et de tabac. Pendant le déjeuner, Dubourg, tout en bavardant, avait perçu l'intime sentiment

d'Alain : il avait peur. Etait-il donc à ce point
menacé?

— Où en es-tu?

— Moments atroces.

— Tu tiendras le coup?

— Et après? Qu'est-ce que tu veux foutre
dans la vie?

Alain s'assit sur le divan, au beau milieu des
hiéroglyphes.

Dubourg demeura debout devant lui, la pipe
à la main. Des élans affluaient et le jetaient
vers son ami. Depuis deux ans, il avait trouvé
une certitude, il vivait dans un enthousiasme
intime. Mais il lui aurait fallu faire un immense
effort pour dépouiller cet enthousiasme de ce
qu'il avait de personnel, de façon à ce qu'en le
laissant couler, il ne blessât et n'irritât pas
Alain. Il regretta amèrement de n'être pas plus
avancé dans sa métamorphose : on ne peut donner que ce qu'on a déjà tout à fait assimilé soi-
même. Il était trop honnête, et Alain trop pers-
picace, pour faire semblant que ce travail fût
plus avancé qu'il ne l'était et atténuer toute la
complaisance de néophyte qui lui venait encore
aux yeux et aux mains quand il parlait de ses
découvertes.

Alain devinait cette effusion refoulée, et, sans
mot dire, défiait son ami du regard. Puis, un
instant après, il songeait à son salut, il s'effrayait
de l'inefficacité de Dubourg et la lui reprochait
en secret.

Celui-ci, pourtant, se décida à accrocher le combat.

— Ecoute, il y a tout de même des choses dans la vie... enfin, quoi!

— Mon petit Dubourg...

— Un garçon comme toi, j'aimerais bien te voir faire des choses...

— Faire des choses!

— Mais oui, c'est merveilleux une chose bien faite. Il y a deux ou trois choses que tu ferais très bien.

— Quoi?

— Je ne sais pas, moi. Mais enfin, tu as certainement une idée de la vie à toi. Eh bien, il est impossible qu'elle périsse. J'ai horreur de ce qui reste enfermé; il faut sortir ce qu'on a dans le ventre. Cela me fait mal, tu me fais mal.

— Je te fais mal?

— Je n'ai pas honte de le dire.

— Mais sortir ce que j'ai dans le ventre ne pourrait que te faire plus de mal encore.

Dubourg, lancé, sauta par-dessus cette remarque menaçante.

— Ce que tu as à faire, tu le ferais très bien. Tu as de la grâce, de l'habileté.

Alain, renversé dans les hiéroglyphes, secouait la tête. Dubourg continuait à avancer en tâtonnant.

— La drogue, ce n'est pas tout. Tu crois que la drogue et toi, cela ne fait qu'un, mais après tout, tu n'en sais rien. C'est peut-être un corps étranger. Il y a Alain, et puis... Alain. Alain peut changer. Pourquoi veux-tu garder la première peau qui t'a poussé?

— Pour être le même, j'ai toujours été le même.

— Tu as commencé d'être celui que tu es aujourd'hui; tu peux finir d'être celui-là et être encore toi-même, mais d'une autre façon. Je connais en toi plusieurs désirs.

— J'ai songé à deux ou trois choses à la fois, je n'ai rien désiré.

— Je te connais au moins quatre désirs distincts : les femmes, l'argent, l'amitié et puis... non, ça ne fait que trois.

— Je n'ai jamais convoité un peu que l'argent, comme tout le monde.

— Si c'était vrai, tu aurais travaillé ou volé. Non, ce que tu appelles l'argent, c'est le contraire de l'argent, c'est un prétexte à rêverie.

Dubourg s'arrêta un moment et se laissa aller avec un plaisir trop visible à l'enchaînement de ses réflexions. Son œil brillait.

— Au fond, tu es un bourgeois.

— Je t'en prie, pas de mots qui ne veulent rien dire.

— Les explications ne portent que sur les petites choses, je le sais bien. Mais elles ont l'avantage, justement, de déblayer de ces petites choses le terrain.

— Parle... Je ne veux pas te priver de ton plaisir.

— Mon vieux, tu te trompes. Il y a beau temps que la psychologie ne me suffit plus; ce que j'aime chez les hommes, ce ne sont plus tant leurs passions elles-mêmes, mais ces êtres qui sortent de leurs passions et qui sont aussi forts qu'elles, les idées, les dieux. Les dieux naissent avec les hommes, meurent avec les hommes, mais ces races emmêlées roulent dans l'éternel. Mais ne parlons pas de cela... Tu comprends, voilà ce que je me représente : tu es né d'une famille de vieille petite bourgeoisie pour qui l'argent était une source modeste dans le fond du jardin, nécessaire pour arroser une culture tout intérieure. Il fallait pouvoir s'occuper tranquillement de son moi : donc, héritage, sinécure ou mariage. Eh bien, toi qui t'es révolté contre ta famille, tu en as hérité tout naturellement ce préjugé. Tu ne t'es pas plié à l'époque comme la plupart font autour de nous : tu n'as pas accepté la nouvelle loi du travail forcé et tu es resté suspendu à la tradition de l'argent qui tombe du ciel, mais cela fait de toi un songe-creux. Voilà.

— Tu as fini ?

Dubourg baissa la tête et tira sur sa pipe, penaud. Ce n'était pas du tout ce qu'il aurait voulu dire. Il lui aurait fallu aller bien plus loin, mais cela aurait duré longtemps, et, en dépit de la gravité de l'heure, il craignait encore la moquerie d'Alain.

— Tu crois que ces explications sont futiles.

Mais tu m'accorderas que l'argent a dans ton imagination une importance disproportionnée avec le goût véritable que tu as pour lui.

Alain ne répondit pas, il s'ennuyait. Dubourg s'occupa de rallumer sa pipe, qui s'était éteinte.

— Enfin, il y a le soleil, reprit-il soudain.

Ceci était mieux. Un instant, Dubourg parut lumineux à Alain qui se rappela l'horrible impression de l'autre été quand il se voyait, en pleine clarté, exilé dans une zone d'ombre. La drogue lui avait ramené son ombre sur le visage, sur les mains ; il se sentait du noir dans les yeux.

— Tu devrais venir avec nous en Egypte, cet hiver.

Dubourg s'enveloppa dans un nuage de fumée et leva un œil plus audacieux vers Alain. Il se rappelait qu'il avait établi son bilan : il aimait la viande, les légumes, les fruits, le tabac. Autrefois, il s'était empêtré dans l'ironie, mais maintenant il laissait cet amour s'étendre à toutes les formes de la Nature et de la Société. Cet amour des formes lui faisait à la fois adorer les dieux d'Egypte et supporter sa vermine de famille.

— Viens là-bas, les êtres ont du soleil dans le ventre.

Il continuait à n'être pas content de soi. Il ne trouvait à dire rien de direct, ni de pénétrant. Il tournait autour du pot. Il revint à la charge encore, mais faiblement. Il se répétait.

— Tu es amusant, gentil.

Alain le regardait flancher, et le méprisait de ne pas s'affirmer : peut-être aurait-il voulu être pris à bras-le-corps. L'été dernier, Dubourg lui avait écrit une lettre qui l'avait fustigé. « Après tout, je me demande si je puis te pardonner de me mentir comme tu le fais à chaque instant. Chaque fois que tu vas te piquer, tu me dis que tu vas aux cabinets. » Une telle phrase l'avait jeté vers la maison de santé.

Dubourg s'était senti fléchir et il avait vu qu'Alain s'en apercevait; il eut un sursaut.

— Ecoute, il n'y a pas que moi. Il y en a qui vivent plus largement que moi et dont les paroles pourraient te faire plus d'effet.

Dubourg s'effrayait de la difficulté de faire comprendre à Alain que depuis qu'il semblait vivre moins, il vivait plus. Il aurait voulu l'aiguiller vers d'autres exemples plus faciles à saisir que le sien. Des exemples de plein air, de force crue. Mais, en même temps, il s'indignait qu'Alain n'eût aucune idée des puissances de la vie intérieure, ne sût pas qu'elles flambent au soleil tout aussi bien que les exploits. Il aurait voulu lui réciter quelques-unes de ces prières égyptiennes gonflées de la plénitude de l'être, où la vie spirituelle, en éclatant, épanche toute la sève de la terre. Il s'impatientait et déjà sur les lèvres les objurgations étaient près de se muer en sarcasmes. « N'impute pas ta pauvreté à la vie. » Mais c'était le pousser des épaules au néant, à l'enfer.

Il dit pourtant :

— Ecoute, tu te trompes sur mon cas, ne te
fie pas aux apparences. Tu crois voir ici un petit
bourgeois résigné. Mais je vis beaucoup plus
intensément que du temps des saouleries et des
coucheries. Je finirai pas écrire un livre où il
y aura toute la vertu de cette Egypte. Elle coule
déjà dans mes veines. Et de mes veines cela
s'écoulera dans les veines d'autres êtres. Nous
serons plusieurs à nous réjouir.

Alain haussa les épaules. Il exerçait contre
Dubourg deux préjugés contradictoires : d'une
part, il lui reprochait son optimisme — l'optimisme se confondait pour Alain avec la vulgarité ou l'hypocrisie; d'autre part, la vie, pour
lui, ce ne pouvait être que geste et non pas
pensée. Il n'avait aucune idée que la vie pût
prendre ses sources dans des replis discrets
comme cet appartement de la rue Guénégaud.
Aussi ne put-il s'empêcher de répliquer :

— Tu n'as pas l'air si content de la vie que tu
mènes maintenant.

Comme Alain s'y attendait, Dubourg bron-
cha aussitôt. Si Dubourg était fortement
attaché aux idées, il n'était pas aussi bien attaché
à lui-même; ce qui faisait qu'il desservait
d'autant les idées.

— Moi, cela n'a aucune importance, marmot-
ta-t-il. Ce qui compte, c'est la pensée qui me
traverse.

— Mais si tu t'embêtes.

— Fanny, cette maison qui sent le vieux, tout cela fait partie de ma passion.

— Tu n'as plus l'œil brillant que tu avais autrefois.

— J'ai vieilli.

— Alors, tout ce que tu me dis...

— Non, je n'ai pas vieilli. Je ne suis plus un jeune homme, mais je ne suis pas vieux. Je vis beaucoup plus qu'avant. Voilà le problème pour toi, il faut sortir de la jeunesse pour entrer dans une autre vie. Je n'ai plus d'espoir, mais j'ai une certitude. Tu n'es pas fatigué des mirages? Au fond, tu n'as pas besoin de plus d'argent que je n'en ai.

— J'ai horreur de la médiocrité.

— Mais depuis dix ans, tu vis dans une médiocrité dorée, la pire de toutes.

— J'en ai assez, justement.

— Et alors?

Dubourg regretta aussitôt cette exclamation; car il était effrayant de poser d'ultimes questions à Alain.

— Si je me redrogue, je me tue.

— Je t'empêcherai de te redroguer. Qu'est-ce que tu vas faire dans un mois quand tu sortiras d'ici, tout à fait retapé?

Dubourg faisait effort pour prononcer avec fermeté ces paroles confiantes.

Alain n'osa pas lui parler de son projet de boutique.

— Des affaires. J'ai des idées.

Malgré la crainte qu'il eût de décourager Alain, Dubourg continua à parler franc, en vue de faire un horizon net.

— Ecoute. De deux choses l'une. Veux-tu la liberté ou l'argent ? Si tu veux l'argent, il faut recommencer ta vie, entrer à deux mille francs par mois dans une affaire et y faire ton chemin. Sinon, remets-toi avec Dorothy et vous vivrez des cent mille francs de rentes qui doivent lui rester. Vous aurez un petit appartement comme celui-ci, vous verrez quelques amis et tu retrouveras ta fantaisie que tu as un peu oubliée depuis deux ou trois ans.

Alain fit la grimace. Dubourg s'étonna, puis s'exaspéra. Autour de quoi tout le désespoir d'Alain tournait-il donc ?

— Alain, si tu avais épousé cinq cent mille francs de rentes, tu serais content ?

Une lueur de suicide passa dans l'œil d'Alain. Aussitôt Dubourg se désola. Il voulut encore reprendre son effort pour entrer dans la peau de son ami, saisir sa secrète raison d'être et la caresser pour qu'elle s'épanouît.

— Ecoute, Alain, Dorothy est une femme charmante et tu es l'être le plus aimable qu'il y ait au monde : faites la grâce à vos contemporains de vous remettre ensemble. Tu es fait pour être tendrement servi par une jolie femme. Qu'il y ait quelques êtres qui échappent à cette horrible pression du travail.

Mais on ne pouvait que blesser Alain. Ceci encore le blessait : il avait si peu confiance dans son pouvoir sur les femmes qu'il soupçonnait Dubourg de feindre cette confiance.

— Tu sais très bien que je n'ai que fort peu de pouvoir sur les femmes.

Dubourg ne feignait pas, mais il douta aussitôt et son œil montra sa curiosité.

Pourtant il dit :

— Quelle blague.

— J'ai étonné les femmes par la belle gueule que j'avais à vingt ans et maintenant elles me trouvent encore gentil. Mais ça ne suffit pas.

— Quoi?

Alain regarda Dubourg avec agacement.

— Pourquoi fais-tu semblant de ne pas savoir? Je n'ai aucune sensualité.

— Tu t'es mis ça dans la tête.

— Je ne crois pas aux vocations manquées.

— Pourtant, tu es torturé par l'idée des femmes.

— J'ai peu de prise sur elles, mais ce n'est que par elles pourtant que je peux avoir prise sur les choses. La femme, pour moi, ç'a toujours été l'argent.

— Tu me la bailles belle. Tu ne pourrais pas rester cinq minutes avec une femme que tu n'aimerais pas. Et je t'ai toujours vu amoureux. Tu aimes Dorothy, encore maintenant.

— Mais tu remarqueras que j'ai toujours été amoureux de femmes riches.

— Dorothy n'est pas bien riche.

— Elle n'est pas pauvre non plus...

Dubourg demeura perplexe.

— Alors, ce serait là pour toi la difficulté. Tu ne pourrais pas aimer une femme sans argent; et tu ne pourrais pas non plus aimer une femme qui en a parce que tu es obligé d'aimer son argent en même temps qu'elle.

— Peut-être...

— Mais la drogue, alors?

— C'est la solution de cette difficulté.

— Pourtant je n'ai pas l'impression que tu t'es drogué parce que tu n'avais ni femme, ni argent. La preuve, c'est que tu as commencé très tôt, à un âge où tu étais sûr que femmes et argent allaient venir... Ah! je voudrais savoir comment tout cela a commencé. Il me semble que c'est par là que je pourrais te reprendre.

Dubourg rêva et tomba dans le doute. Il n'était nullement dupe de l'incroyable exiguïté du dilemme où Alain rétrécissait sa vie : l'absurdité même de ce dilemme l'assurait que ce n'était qu'un prétexte. Et la drogue n'était qu'un autre prétexte qui enveloppait celui-là. Est-ce que cette question de date avait le moindre intérêt?

Il méprisait cette méthode enfantine qui joint les dispositions physiques et les idées dans un rapport de cause à effet. Physiologie et psychologie ont la même racine mystérieuse : les idées sont aussi nécessaires que les passions, et

les passions que les mouvements du sang. Donc
à quoi bon se demander si c'était la drogue qui
avait fait la philosophie ou si c'était la philosophie qui avait appelé la drogue? N'y a-t-il pas
éternellement des hommes qui refusent la vie?
Est-ce faiblesse ou force? Peut-être y avait-il
beaucoup de vie, dans ce refus d'Alain à la vie?
C'était pour lui une façon de nier et de condam-
ner non pas la vie elle-même, mais ses aspects
qu'il haïssait. Pourquoi n'aurait-il pas cédé
aux sursauts de sa délicatesse, et rompu, sans
souci des conséquences, avec tout ce qui lui
déplaisait et qu'il méprisait? La délicatesse est
une passion qui en vaut bien une autre. Pourquoi se serait-il arrangé avec les femmes, alors
qu'elles ne sont ni très belles, ni très bonnes?
Pourquoi se serait-il obligé au travail, à ce travail fastidieux et aux trois quarts inutile qui
remplit nos cités de son vain fracas?

Mais alors, céder à cette pente, c'était retomber dans la protestation mystique, dans l'adora-
tion de la mort. Les drogués sont des mystiques
d'une époque matérialiste qui, n'ayant plus la
force d'animer les choses et de les sublimer dans
le sens du symbole, entreprennent sur elles un
travail inverse de réduction et les usent et les
rongent jusqu'à atteindre en elles un noyau de
néant. On sacrifie à un symbolisme de l'ombre
pour contrebattre un fétichisme de soleil
qu'on déteste parce qu'il blesse des yeux fatigués.

Non, lui, Dubourg, était pour cet effort difficile et modeste qui est l'humain, et qui cherche
non pas la balance entre ces entités, le corporel
et le spirituel, le rêve et l'action, mais le point
de fusion où s'anéantissent ces vaines dissocia-
tions qui deviennent si aisément perverses. S'il
étudiait les dieux anciens. ce n'était point par
goût découragé du livresque, pour se dérober
dans le passé, mais parce qu'il espérait nourrir
de cette étude la recherche accordée aux
inflexions de son époque, de cette éternelle
sagesse. Cependant, Alain songeait tout haut.

— La drogue était dans mes veines avant
que j'eusse réfléchi.

— Comment?

— J'ai commencé par attendre les femmes,
l'argent, en buvant. Et puis tout à coup, je
m'aperçois que j'ai passé ma vie à attendre, et
je suis drogué à mort.

— Mais pourtant, tu as eu Dorothy et Lydia,
et d'autres avant.

— Il était trop tard, et d'ailleurs je ne les
ai pas eues et je ne les ai pas.

— Mais si, tu tiens Dorothy. Tu n'as pas
besoin de coucher avec elle pour cela.

— Je ne la tiens pas, et c'est parce que j'ai
mal couché avec elle.

— Elle fuit la drogue, voilà tout.

— Mais je me drogue, parce que je fais mal
l'amour.

Dubourg s'effraya de tant d'aveux de la part

d'Alain qui n'aimait point d'ordinaire les confidences précises, surtout depuis quelques années.

Mais, en même temps, il était ainsi entraîné à pousser à fond l'analyse qu'il avait commencée.

— Drôle de vie que nos vies suspendues aux femmes, murmura-t-il.

Alain fronça les sourcils, il voyait que Dubourg essayait de jouer le cynique pour l'entraîner à un aveu tel qu'en sortirait le remords.

— Je ne vois pas en quoi tu es suspendu à Fanny, coupa-t-il.

— Je me suis enfoui dans sa chaleur comme un cochon dans sa bauge. Et toi, tu as d'autant plus besoin des femmes que... Tu es resté enfant : ton seul lien avec la société et la nature, ce sont les femmes.

— Oui, tu m'as déjà dit ça autrefois, les maquereaux sont de vieux bébés. Mais tu ne me feras pas dire que je suis un maquereau. Tu as toujours eu ce goût pédant pour les gros mots.

Alain devenait furieux : il voyait enfin éclater la cagoterie de Dubourg. Dubourg voulait le forcer à se définir et à se ranger en se définissant.

En effet, Dubourg continua :

— Mon vieux, je sais bien que tu me trouves pataud, mais tu ne devrais pas craindre de profiter de ma patauderie. Je voudrais que tu t'avoues immoral; ce qui est très différent de jouer à l'immoraliste. Tu es horriblement gêné dans ta conduite courante par des préjugés, dont, par ailleurs, tu te ris.

— Erreur, je ne me moque jamais des préjugés, justement parce que je les ai tous. N'insiste pas là-dessus.

Alain se leva et marcha en long et en large.

Dubourg était à son tour furieux, et navré d'être furieux. Et pourtant, sur ce point, il tenait ferme : une des plus sûres raisons du désastre d'Alain, c'était de n'avoir pas admis franchement qui il était, un paresseux aimé des femmes. Alain était bien le bourgeois désaffecté qu'il avait dénoncé tout à l'heure, voyant des vices germer de ses préjugés, mais incapable, à cause de ses préjugés, de jouir de ses vices.

Mais il hésitait à continuer : il doutait décidément de ses moyens. Tout ce qu'il disait expliquait Alain, mais ne faisait que l'expliquer. Il aurait fallu quelque chose de plus intuitif : aimer assez Alain pour pouvoir le recréer dans son cœur. Alain était là depuis une heure et il ne s'était rien passé. Il allait s'en aller, mécontent de lui et par là plus mécontent de la vie, plus isolé, plus faussé. Ah non !

— Alain, dis-moi qui tu es. Que je te comprenne ! Que je te sente !

— Pour me changer ?

— Si tu criais à pleins poumons ce que tu es, il me semble que tu cesserais aussitôt de l'être. Il n'y a de toi à un autre toi que la distance d'un pas.

— Ou d'un faux pas.

Alain s'arrêta de marcher et regarda, avec un mépris triste, Dubourg, Dubourg qui était gentil et sot.

— Mais, grand nigaud, dit-il doucement, tu sais bien qui je suis.

Dubourg resta bouche bée.

— C'est vrai.

— Et tu m'aimes comme je suis, et pas autrement.

— Mais qu'est-ce que serait mon amitié si tu ne la sentais pas comme quelque chose qui veut te modifier ou t'altérer?

Une exclamation vint aux lèvres d'Alain; il la retint un peu, puis la laissa aller.

— Je voudrais que tu m'aides à mourir.

— Ah non! Alain, j'aime la vie, j'aime la vie. Ce que j'aime en toi, c'est la vie qui y est. Comment veux-tu?...

— Oui, tu as raison... Ah! si j'avais pu me confier à toi.

— Ah oui!

— Au fond, je ne peux pas, tu le sais bien.

— Tu crois?

Dubourg était humilié. Il savait bien que pour sauver Alain, il aurait fallu se dévouer à lui, lui donner plusieurs mois de sa vie, oublier un peu les dieux d'Egypte, pour s'inspirer d'eux réellement.

L'instant d'après, il se déroba dans la colère. Quelle faiblesse! Quelle absence de virilité chez

Alain! Il en était à attendre des autres la cha-
rité. Mais s'il avait été un homme, il aurait
voulu s'appuyer sur lui, Dubourg; mais non
pas s'accrocher à lui.

— Alain, je travaille, je suis patient et je tire
ainsi quelque chose. Viens vivre près de moi
et tu verras ce que c'est que la patience. Tu
commenceras par aimer de la vie ce qu'il y a
d'elle en toi...

— ...

Quelques moments plus tard, Alain et Dubourg marchaient côte à côte entre la Seine et les Tuileries. Ils étaient tristes et amers.

Dubourg voyait que l'occasion de sauver Alain était passée. Il se disait que s'il avait été bien imbu de lui-même, il se serait jeté sur Alain avec brutalité; il l'aurait insulté, saccagé. Il lui aurait crié : « Tu es médiocre, accepte ta médiocrité. Tiens-toi à l'échelon où la nature t'a placé. Tu es un homme; par le fait de ta simple humanité, pour les autres, tu es encore inappréciable. »

Mais il n'était pas de taille à traiter ainsi un Alain. Et d'ailleurs, Alain était-il médiocre puisqu'il était irremplaçable, inimitable? Ne fallait-il pas plutôt prendre le parti de le louer? Il y avait dans cet homme perdu un ancien désir d'exceller dans une certaine région de la vie, que l'applaudissement aurait pu redresser...

Mais Dubourg aussitôt devait reconnaître qu'il ne pouvait aller loin dans cette direction.

Il ne pouvait guère admirer Alain, encore moins l'approuver. Il en revenait donc à son premier regret. Ne pouvant admirer Alain, il aurait fallu pour cela qu'il fût plus grand. A travers la déchéance d'Alain, il apercevait sa défaite.

Quant à Alain, il savait qu'il voyait Dubourg pour la dernière fois. L'attitude de Dubourg, entre autres prétextes, lui donnait toute raison de mourir : la vie à travers lui n'était point parvenue à se justifier. Elle avait montré un visage gêné, grevé de réticences, tourmenté d'impuissantes allégations.

Les deux amis marchaient le long de la Seine. La rivière coulait grise, sous un ciel gris, entre les maisons grises. La nature ne pouvait être, ce jour-là, d'aucune aide aux hommes : les pierres carrées s'amollissaient dans l'air humide. Dubourg frissonna; cet homme qui marchait à côté de lui n'avait rien pour se soutenir : ni femme, ni homme, ni maîtresse, ni ami; et le ciel se dérobait. Peut-être était-ce sa faute; comme il n'avait jamais appris à compter sur lui-même, l'univers, privé de noyau, ne montrait autour de lui aucune consistance.

Une femme les croisa, jolie et élégante. Elle jeta sur eux un bref coup d'œil : Alain lui plut. Dubourg sourit et secoua le bras d'Alain.

— Tu vois, on a envie de la toucher. Paris, c'est comme elle; la vie, c'est comme elle. Un sourire, et ce ciel gris s'éclaire. Cet hiver, nous irons ensemble en Egypte.

Alain secoua la tête.

— Tu te rappelles..., commença Dubourg.

Alain s'arrêta et frappa du pied.

— Tu radotes.

Ils s'étaient ébattus dix ans sur les bords de cette rivière : toute leur jeunesse, pour Alain toute sa vie.

— Je ne veux pas vieillir.

— Tu regrettes ta jeunesse, comme si tu l'avais bien remplie, laissa échapper Dubourg.

— C'était une promesse, j'aurai vécu d'un mensonge. Et c'était moi le menteur.

Disant cela, Alain regarda la Chambre. Qu'était-ce que cette façade de carton, avec son ridicule petit drapeau ? Et puis, autour, ce flot de roues ?

— Où vont-ils ? C'est idiot, grinça-t-il.

— Mais ils ne vont nulle part, ils vont. J'aime ce qui est, c'est intense, ça me déchire le cœur, c'est l'éternité.

Alain regarda Dubourg une dernière fois. Il y avait quelque chose de positif sur ce visage. Incroyable. Il eut encore une velléité.

— Dubourg, sortons ensemble ce soir. Nous téléphonerons à une amie de Lydia qui est assez belle.

Dubourg le regarda, en riant tranquillement.

— Non, ce soir j'écrirai deux ou trois pages sur mes Egyptiens, et je ferai l'amour avec Fanny. Je descends dans son silence comme dans un puits, et au fond de ce puits, il y a un énorme soleil qui chauffe la terre.

— Abêtissez-vous.

— Je suis heureux.

Ils étaient au milieu de la place de la Concorde.

— Où vas-tu? demanda Dubourg.

— Il faut que je passe à l'exposition de Falet. Viens avec moi, c'est rue Saint-Florentin.

La place de la Concorde était déjà prise dans la pétrification de l'hiver : un bitume mort sur lequel le vent balaie des poussières.

Vers la rue de Rivoli des lumières s'allumaient.

Alain songea à ses hivers. C'était le triomphe sans conteste de tous les artifices : chambres fermées, éclat des lumières, exaspération. Dernier hiver. Sur le visage cette dernière éclaboussure de lumière. A quoi ressemblait la vie de Dubourg? A une mort lente et terne. Dubourg n'avait jamais quitté Paris, cette vieille petite fièvre assoupie. A New York du moins, régnait une franche atrocité. Dorothy était là-bas, entre les pattes du monstre qui hurle et se tord et perd des torrents de sang par mille blessures vives.

Une rue étroite, près de la Madeleine. Une minuscule boutique, dilatée par une lumière crue. Dubourg n'entra pas sans répugnance dans cette officine, car il connaissait Falet.

Falet était dans la boutique; c'était un imperceptible gringalet. En travers d'une épine dorsale haute et épaisse comme une allumette, s'accrochait le faible accent circonflexe des épaules. Quelque part au-dessus, un peu de peau grise, des dents fausses, des yeux de sardine. Ce fœtus était sorti mort du sein de sa mère, mais il avait été rappelé à la vie par la piqûre d'un serpent qui lui avait laissé son venin. Au temps de la jeunesse et de la porte ouverte, Dubourg avait accueilli Falet qui, en guise de remerciement, l'avait percé dans l'esprit de chacun de son sale petit dard.

Dubourg hocha vaguement la tête, tourna le dos et regarda les murs. Tout ce que faisait Falet était commerce, mais tout ce commerce n'était qu'un faux-semblant. Comme le mendiant dans la rue : tous ses gestes sont braqués sur le passant pour le séduire et le piper, mais il ne s'agit que d'obtenir deux sous d'attention, de quoi ne pas tomber dans le néant.

Les raffinés étaient satisfaits de Falet parce qu'ils pouvaient le situer : c'était un photographe.

Dans l'art de la photographie, on ne peut obtenir la vérité qu'à force de tromperies; mais ces tromperies sont délicates, se corrigent et s'anéantissent les unes les autres pour isoler un résidu indestructible. Or, Falet photographe ne pouvait se débarrasser de la frénésie de Falet calomniateur. Il faisait des monstres de tous ses modèles; il les déformait selon un poncif sardonique, en faisant saillir sur leur visage et leur corps une laideur emphatique, improbable. Finalement, sous ses doigts, rendus maladroits par une méchanceté hagarde, il ne restait rien de la réalité.

Mais les gens du monde qui sont des demi-intellectuels à force d'être gavés de spectacles et de racontars, les intellectuels qui deviennent gens du monde à force d'irréflexion et de routine, toute la racaille parisienne se disait enchantée de ce nouvel excès, de cette nouvelle faiblesse.

Dubourg regardait ce musée des horreurs avec tranquillité. Il se rappelait avec étonnement le temps où de telles petitesses l'agaçaient encore : il était habitué à la vermine, il ne se grattait plus. Encore moins accordait-il de l'indulgence à l'habileté des faiseurs et par exemple à celle de Falet, qui dissimulait sous une habile couche de vernis — élégance et mesure — ses efforts subversifs. Ce qui faisait dire à des dames errant çà et là : « C'est ravissant ! »

Il serra la main d'Alain et s'en alla.

Alain se retrouvait seul. La barrière, que Dubourg dressait entre lui et la mort, une barrière de mots, s'en allait comme après un numéro de music-hall, le décor avec le bateleur.

Falet l'avait vu entrer avec un vif pressentiment; il n'eut plus aucun doute quand il le vit demeurer : la comédie de la désintoxication était finie. Déjà, une fois, Alain avait disparu, puis était revenu. Il revenait pour de bon.

Alain ne regardait pas Falet mais battait la semelle devant les photos. Il chiffonna un compliment, puis il regarda Falet qui le regardait.

— Tu es toujours là-bas?

— Non, je ne suis plus là-bas.

— Ah oui... Tu as bonne mine. Mes compliments!

— Toi, tu n'as pas l'air plus cadavre que d'habitude.

— Tu choisis tes relations; tu fais dans les gens sains, tu revois Dubourg. Ce niais, ce cafard de Dubourg.

A ce moment entra une femme. Une statue
à la dérive. Echappée des mains d'un Pygma-
lion qui n'était qu'un copiste, elle avait la beauté
d'apparat des reliques. Ses épaules, ses seins, ses
cuisses avaient l'excès faible, la redondance de
la sculpture de basse époque.

Eva Canning, née en Orient, avait été élevée
à Londres. Rien ne pouvait démoraliser Alain
comme cette énorme stature. Il voyait trop de
ressemblance entre cette puissance illusoire,
ce déplacement d'air et son creux sentiment des
choses.

Cette apparition hâta sa journée. Cette femme
qui était chargée de mille faveurs — beauté,
santé, richesse — regardait le petit Falet d'un
a ir humble et quémandeur.

— Nous allons chez moi, avec Eva. Viens-tu
avec nous? demanda tranquillement Falet.

— Oui.

Ils montèrent dans la voiture d'Eva, une
machine puissante, douce et indifférente.

Pendant le court trajet, tandis que les deux
autres bavardaient à tort et à travers, Alain
ne pensait à rien, ou plutôt pensait à tout, mais
il voyait toutes ses pensées prises dans un tourbillon dévorant; il écoutait en lui la vitesse
croissante de sa chute, de sa perte.

Par un escalier raide, quelque part dans
Montmartre, ils montèrent chez Falet. Ils se
trouvèrent dans un atelier vide et glacial. Dans
un coin, il y avait un appareil photographique et

un projecteur; dans un autre, quelques livres
déchiquetés. Par une porte on entrait dans une
petite turne tout occupée par un divan effon-
dré.

— Il fait froid, dit Eva.

— Ma chérie, le poêle que vous m'avez
donné est en réparation.

Cela voulait dire que Falet avait besoin d'argent : Eva eut l'air honteux.

— Je vais chercher la couverture de l'auto,
dit Alain.

— Comme vous êtes gentil.

Quand Alain remonta avec un énorme poids
odorant sur l'épaule, les deux autres étaient
déjà installés sur le divan de chaque côté du
plateau à opium.

— Je ne peux pas fumer habillée, déclara
Eva.

Elle se releva et fit passer sa robe par-dessus
sa tête. Elle arracha aussi sa chemise, sa cein-
ture, ses bas. Elle était toute nue, forme magnifique et exsangue, en plâtre.

Alain eut un long ricanement. Jamais il ne
posséda aussi exactement le sentiment de son
impuissance. Pour lui, le monde ne se peuplait
que de formes vides. Il y avait de quoi hurler,
il y avait de quoi mourir.

Le petit Falet, tout en préparant une pipe,
cherchait le regard d'Alain. Eva, qui ne croyait
pas plus aux désirs des autres qu'aux siens,
se renferma dans ses fourrures, sans même

regarder Alain; celui-ci se tourna vers Falet.

Le rictus d'attente du petit bonhomme se détendit tout à coup; il montra du doigt un placard.

Il n'y avait que la drogue, il n'y avait pas à essayer d'en sortir, le monde était la drogue même.

Alain ouvrit le placard et y prit une fiole. Puis il tira de sa poche la seringue qu'il avait emportée de chez la Barbinais. Il remplit la seringue d'héroïne, retroussa sa manche et se piqua.

Il resta le dos tourné un instant, regardant le mur. C'était fait, ce n'était pas difficile. Les actes sont rapides; la vie est vite finie; on en arrive bientôt à l'époque des conséquences et de l'irréparable.

Déjà son passé immédiat lui paraissait incroyable. Avait-il rêvé vraiment de se désintoxiquer? S'était-il enfermé vraiment dans ces abominables maisons de santé? Avait-il écrit un télégramme à Dorothy? Avait-il serré Lydia dans ses bras?

Il se retourna, il pouvait bien regarder Eva Canning : la beauté, la vie sont en plâtre. Tout était simple, clair, tout était fini. Ou plutôt il n'y avait pas eu de commencement, il n'y aurait pas de fin. Il n'y avait que ce moment, éternel. Il n'y avait rien d'autre, absolument rien d'autre. Et c'était le néant, foudroyant.

Eva aspira la pipe que lui avait préparée

Falet; puis elle se renversa dans ses fourrures
en rendant un peu de fumée. Une de ses épaules,
dure et polie, se dorait à la lueur de la petite
lampe. Ce fragment d'une statue brisée roulait
dans un désert sans haut ni bas, gisait au
sein d'un abîme tiède et dorloteur.

Les vagues se multipliaient et déferlaient
l'une par-dessus l'autre : Alain ne retrouvait
pas la drogue, il ne l'avait jamais quittée. Ce
n'était que ça, mais c'était ça. Ça ne présentait
absolument aucun intérêt, mais ainsi était la
vie. La drogue, ce n'était que la vie, mais c'était
la vie. L'intensité se détruisant elle-même
montre qu'il n'y a que l'identité de tout dans
tout. Il n'y a pas d'intelligence puisqu'il n'y
a rien à comprendre, il n'y a que la certitude.

« Se suicider ? Pas besoin, la vie et la mort
sont une même chose. Du point de vue de
l'éternel où je suis maintenant, où j'ai toujours
été, où je serai toujours.

« La preuve que la vie et la mort sont une
même chose, c'est que je me promène dans cette
chambre et que je vais téléphoner à Praline,
parce que je continue à remuer comme si de
rien n'était, alors qu'en effet rien n'est. »

— Je vais téléphoner.

— Je n'ai pas de téléphone. Va au bistrot du
coin.

— Bon.

Il avait déjà envie de s'en aller, d'aller ailleurs. La nuit commençait. La nuit, le mouve-

ment perpétuel. Il fallait se déplacer sans cesse,
aller d'un point à un autre, ne rester nulle part.
Fuir, fuir. L'ivresse, c'est le mouvement. Et
pourtant on reste sur place.

— Tu n'es guère aimable, tu t'en vas déjà?

— Mon petit Falet, je reviendrai tout à l'heure,
je vais téléphoner.

Il s'arrêta une seconde devant Eva. Ce n'était
plus du plâtre; alors qu'elle paraissait immobile,
elle était au comble du mouvement.

— Au revoir.

— Au revoir. Ha! Ha! Ha!

Alain descendit l'escalier. On se demande
pourquoi c'est fait un escalier, où ça mène. Rien
ne mène nulle part, tout mène à tout. Rome
est le point de départ de tous les chemins qui
mènent à Rome.

Quelqu'un descendait l'escalier devant lui.
Des foules immenses montent et descendent les
escaliers.

— Pardon.

— Passez, passez, je ne vais pas vite.

C'était un gros homme à moustache grise,
à bouffarde. Alain se rappela cette figure;
c'était un sculpteur fort connu des délicats; peu
célèbre, peu riche, modeste. Sans doute habi-
tait-il la maison. Il avait un œil fin, tendre, spirituel; il sentait le tabac et la bonté.

Mais en dépit de ses gestes lents, lui aussi
était emporté par le torrent furieux de la vie, de
la drogue. Alain s'arrêta sur une marche et se

retourna vers le vieil homme. Il se retourna et lui demanda :

— Si décidément je fermais les yeux, vos statues tomberaient en poudre et vous seriez bien embêté!

Le vieil homme s'arrêta aussi, une lueur narquoise passa dans sa prunelle claire, puis il repartit.

Alain eut envie de pleurer, salua, tourna les talons et dégringola les marches quatre à quatre.

Dehors, il héla un taxi.

Du taxi, Alain sauta dans un bar des Champs-Elysées. C'était de là qu'il téléphonerait : plus agréable qu'un bistrot de Montmartre. Il aimait le confort public; et il reprenait l'ornière avec une volupté morose. Pendant des années, tous les soirs, il avait ainsi téléphoné des bars à quelques appartements, et de ces appartements aux bars.

Il sentait monter en lui une hâte. Quand la vitalité diminue, ce qu'il en reste se manifeste par la hâte à se consumer. Il commanda un whisky, entra dans la cabine, annonça à Praline sa venue, ressortit, prit son verre sur le bar.

Puis il regarda un peu autour de lui : les têtes n'avaient pas changé depuis dix ans. Dans un coin se tenaient trois ou quatre messieurs étriqués, à l'œil doucereux, qui avaient été jeunes avant lui. L'un avait engraissé, l'autre avait perdu ses cheveux; mais ils montraient le même sourire embué.

Ils connaissaient Alain et le réprouvaient.

— Tu as vu cette tête ? La drogue.

— Il a épousé une femme sans le sou.

— Il est fini. Il était bien. Richard était très amoureux de lui. S'il avait voulu...

Alain but son whisky. Les regards ne l'atteignaient plus : il ne s'occupait plus de plaire, pas plus aux femmes qu'aux hommes ; il avait plu.

C'était ici qu'il avait pris pour la première fois de l'héroïne, dans les cabinets à droite. Ils n'étaient pas en marbre, comme maintenant. A ce moment-là, il était avec Margaret. Encore une Américaine. Elle était jeune, jolie, élégante ; son sourire donnait l'illusion d'une tendresse déchirée. Elle lui disait qu'elle ne l'oublierait jamais.

Ces messieurs-là, au bout du bar, lui en voulaient de n'avoir pas versé de leur côté. Mais quelques expériences avaient fait sentir une répulsion que n'avait pu vaincre sa prétention de tout essayer. Pourtant, il aimait leur compagnie, parce qu'alors, loin des femmes, il rêvait mieux d'elles.

Il s'était tenu debout dans les bars, comme en ce moment, pendant des heures, des années, toute sa jeunesse. On le regardait, il regardait les autres. Il attendait.

Il acheva son verre. Il paya. Il sortit. Dehors c'étaient les Champs-Elysées, les flaques de lumière, les glaces infinies. Des autos, des femmes, des fortunes. Il n'avait rien, il avait tout. Le whisky et la drogue se poursuivaient et se chevauchaient en vagues brûlantes et froides, mais régulières. L'habitude. Au fond, un rythme tranquille.

Etapes abstraites : ayant repris un taxi, il ne regardait rien, ni à droite, ni à gauche. De la ville qui se levait et qui s'abaissait à droite et à gauche il ne sortait pour lui que de faibles évocations volatiles, quelques souvenirs personnels. Alain n'avait jamais regardé le ciel ni la façade des maisons, ni le pavé de bois, les choses palpitantes ; il n'avait jamais regardé une rivière ni une forêt ; il vivait dans les chambres vides de la morale : « Le monde est imparfait, le monde est mauvais. Je réprouve ; je condamne, j'anéantis le monde. »

Sa famille croyait qu'il avait des idées subversives. Mais il n'avait pas d'idées, il en manquait atrocement : son esprit, c'était une pauvre carcasse récurée par les vautours qui planent sur les grandes villes creuses. Il descendit du taxi. Il paya royalement le chauffeur. Un billet, petite flamme entre autres dans cette consomption de tout. Il fallait brûler ces dix mille francs en quelques heures. Pour ce fétichiste, de tels petits faits· étaient énormes et absorbaient toute la réalité dans leur symbolisme enfantin : jeter un billet égalait mourir. L'hallucination du prodigue vaut celle de l'avare.

Il sonna à la porte de Praline.

— Je vais quitter mon vieil ami la Barbinais, dit Alain en s'allongeant dans un grand fauteuil en face du divan de Praline.

Personne ne dit mot, tout d'abord ; mais la même certitude se peignit sur trois figures.

Praline rageait en dedans :

« Pourquoi cette tentative simulée ? Il n'a jamais cessé de prendre de la drogue, et, en ce moment même, il en est plein. »

Enfin, elle lança :

— Qu'est-ce que vous allez devenir ?

Elle ne fit guère d'efforts pour dissimuler son ironie, elle ne se priva pas d'un regard qui ne pouvait échapper à Alain vers Urcel dont elle savait que l'agacement était aussi vif que le sien.

Alain ne répondit que par un ricanement. Puisque ces trois drogués étaient si sûrs de la fatalité qu'il avait en commun avec eux, inutile de parler ; et ainsi, ils seraient frustrés d'un aveu dont ils avaient trop envie.

Praline, qui venait de finir une pipe, s'écarta
du plateau qu'elle partageait avec Urcel et, tout
en enfonçant dans les coussins son corps
court et tassé, elle regarda le feu doux qui
brûlait dans la petite cheminée de stuc.

Les murs étaient nus, les meubles, peu nom-
breux, étaient formés de quelques lignes rudi-
mentaires. On aurait pu se croire dans une
pièce de débarras peuplée de caisses d'emballage.
Quelques lampes basses. Quand elle recevait
des profanes, elle faisait disparaître pipes et
plateaux dans un coffre sur lequel ils s'asseyaient,
vaguement effrayés, vaguement attirés par le
relent qui flottait dans l'air. Les initiés les
regardaient du coin de l'œil et attendaient leur
départ.

— Je ne vous pose pas de questions intimes,
reprit Praline, mais enfin quoi? Vous resterez à
Paris? Vous retournerez à New York?

— Il faudrait retourner à New York.

— Besoin d'argent, mon petit Alain?

Quand Praline devenait méchante, elle
essayait, en rendant sa voix plus caressante, de
se donner le change.

— Dame.

Praline haussa les épaules. Encore un trait
qui l'agaçait chez Alain. Pourquoi n'avait-il pas
fait promptement et franchement les gestes qui
lui auraient assuré sa part des biens de ce
monde? Débrouillarde, elle aimait les gens
débrouillards. La drogue ne l'empêchait pas de

prendre soin de ses intérêts. Bien au contraire, plus d'une combinaison s'était faite auprès de cette petite lampe, là, à sa gauche.

Pour marquer son impatience, elle changea brusquement de propos :

— Voulez-vous prendre quelque chose?...

Elle s'arrêta une seconde. Allait-elle ajouter : « Voulez-vous fumer avec nous? Voulez-vous de l'héroïne? » Non, puisqu'il se taisait, on le traitait en hypocrite. Ayant bien marqué le temps d'arrêt, elle reprit :

— ... je veux dire : du whisky? Du champagne, peut-être?

— Du champagne! Je me rappelle une jeune personne chez qui j'ai bu tant de champagne.

Alain rougit : il n'avait pas voulu répondre du tac au tac. Il avait renoncé depuis longtemps à s'essayer à cet art de la repartie pour lequel il n'était pas doué; s'il avait passé parfois pour un interlocuteur dangereux, c'était à cause de ses gaffes. Une allusion à la Praline d'autrefois remuait trop vivement l'air de cette chambre close. Les fumeries sont des lieux où il est inconvenant de faire allusion au passé. Praline avait été fraîche comme l'enfance. Dans ses yeux toutes les images étaient gaies; ses lèvres étaient gonflées de sang. Les hommes venaient en foule chez elle, mais aucun n'était resté.

— C'est entendu, je ne suis plus une jeune personne, mais je vous offre quand même du champagne... puisque vous êtes sevré d'autre chose.

— Non, du whisky.

Praline sonna. Un vieux valet vint aux ordres et rapporta bientôt à Alain ce qu'il avait demandé. Cet homme à qui la vérole avait arraché les cheveux et les dents circulait sans rien regarder autour de lui. A quoi bon? Il savait ce qu'il fallait dire à la police. D'ailleurs il amortissait ses rapports car il avait besoin de Praline et de ses amis haut placés pour le protéger contre ses chefs immédiats, fatigués des ennuis que leur valaient ses obscénités nocturnes.

Alain se versa un verre de whisky. Il y eut un assez long silence.

Urcel, qui était arrivé peu de temps avant Alain, se gorgeait de ses premières pipes, ce qui l'empêchait de parler autant qu'il en avait l'habitude. Mais ses prunelles saillantes, pour aller de sa pipe à Alain, sautaient dans son visage maigre, sous son front fuyant, tandis que de temps à autre, ses grands pieds s'agitaient dans son pantalon vide.

Alain évitait de regarder dans le coin le plus sombre du divan où, comme un parent pauvre au bout de la table, Totote, l'affreuse Totote avait son plateau solitaire dans le dos d'Urcel.

On entendait, de temps à autre, un léger grésillement; puis une odeur de cuisine tropicale s'épandait dans toutes les narines.

Après une longue bouffée, Urcel finit par parler. Il regrettait de rompre le silence que, dans son for intérieur, il avait eu plaisir à reprocher à Alain comme une hypocrisie; mais l'envie de parler était chez lui plus forte que tout, ce qui lui donnait parfois les apparences d'un laisser-aller assez généreux.

— La désintoxication, drôle de chose, hein?

— Drôle de chose.

Il y eut encore un silence. Puis on entendit la voix aiguë de Totote :

— Ces messieurs sont cérémonieux.

Alain voulait laisser venir le bon apôtre; mais il craignait de l'avoir découragé par la sobriété de sa réponse. Il lâcha donc une ou deux phrases.

— La désintoxication. Vous voudriez que je vous en parle. A quoi bon? Vous connaissez ça aussi bien que moi. Je me rappelle comme vous avez souffert, l'autre année.

— Et vous, maintenant, mon pauvre Alain.

Ce ton patelin des drogués, et là-dessous une méchanceté de vieilles chattes.

Encore Totote :

— C'est attendrissant.

Urcel avait fait une tentative fort longue, fort douloureuse, tout à fait inefficace et il avait mis beaucoup de temps à avouer son échec. Aussi les yeux d'Alain, illuminés par le plaisir désolé de la rechute, l'exaspéraient. « Je ne suis pas plus fort qu'Alain », était-il obligé de se dire.

Il fallait que sur-le-champ il prouvât le contraire; il fallait qu'il montrât à Alain la différence qu'il y avait entre eux, qu'il lui fît sentir son pouvoir. Mais, pour se défendre et attaquer, il n'avait jamais imaginé autre chose que de plaire. Il ne pouvait que se rouler avec son adversaire dans un avilissement subtil. Sa petite vitalité ne se manifestait que dans les seules réactions de son épiderme; il était un perpétuel mimétisme.

Il entama sa ruse du jour, il allait se parer aux yeux d'Alain des sentiments qu'il devinait être chers à celui-ci. Mais, auparavant, il lui fallait s'exorciser par la parole de certain démon intime qui lui infligeait sans cesse la torture de la peur.

— Pourquoi feint-on de se dédroguer, mon Dieu? Par gentillesse, pour faire plaisir à quelques amis inquiets, pour ne pas laisser toute cette pauvre humanité seule dans son malheur. Mais nous n'avions pas attendu la drogue pour nous jeter à la limite de la vie et de la mort.

Ce *nous*, qui brusquait la complicité et simulait l'égalité, déplut fort à Alain. Il pinça les lèvres et répliqua :

— On essaie de se désintoxiquer pour ne pas crever, parce qu'on a peur d'être lâché par cette chienne de vie.

— Mais oui, on a peur, ricana Totote dans son coin.

Urcel s'effaroucha du ton déterminé d'Alain; pourtant il insista, mais en piétinant, sans avancer vers son but.

— Désintoxiqués, nous nous retrouverions tels que nous étions avant l'intoxication, désespérés.

Alain prit un ton narquois :

— Le désespoir est une chose, la drogue en est une autre. Le désespoir, c'est une idée, la drogue, c'est une pratique. C'est une pratique qui fait peur, si bien que nous avons bel et bien espéré nous désintoxiquer.

Urcel, à son tour, trouva le *nous* assez désagréable.

— Mais non, mais non, reprit-il d'un ton demi-froissé, demi-railleur, c'était une illusion, un reste de cette affreuse intoxication qu'est la vie.

Alain voyait la manœuvre d'Urcel qui, pour se dérober aux regrets, pour ne pas déplorer un échec, retournait la situation et niait d'avoir fait un effort. Comment peut-on se mentir à soi-même? Et encore, la plupart, parce qu'ils ne sont pas lucides, parviennent aisément à se leurrer. Mais un esprit comme Urcel? Il se grisait de mots, et pour pouvoir sans cesse parler ne restait jamais seul.

Alain, qui voulait voir se développer toute

cette faiblesse, se contint et ne laissa passer
qu'une réflexion assez générale.

— Ne nous faisons pas plus subtils que nous
pouvons être. Il n'y a absolument pas moyen
d'être subtils dans ce monde. L'âme la plus
délicate ne peut marcher que sur ses deux
pieds.

Aussitôt Totote s'écria :

— Ses deux pieds, j'aime beaucoup ça; ses
deux pieds, voilà.

Elle tortillait dans ses coussins son pauvre
corps.

Praline suivait la partie avec des yeux aigus.
Elle jeta à Totote :

— Tais-toi, personne ne t'écoute. Fume.

Urcel, qui était lancé, parut insensible à
la raillerie et esquissa son mouvement tournant.

— Nous aurions pu faire autre chose que de
nous droguer, mais il nous aurait toujours fallu
quelque chose qui satisfît notre besoin de
risque.

Alain, paraissant ne rien remarquer, rêva tout
haut :

— Il y a quelques autres vices que la drogue,
mais aucun n'est aussi décisif.

Urcel se crut approuvé; il répéta avec
complaisance :

— N'est-ce pas? Puisque nous avions le
risque dans le sang...

C'était par là, pensait-il, qu'il pouvait plaire

à Alain, en lui parlant de risque. Et lui plaire, c'était le dominer, puisque c'était le tromper. Toute la vie pour Urcel était dans cet enchaînement : il ne pouvait que tromper, puisqu'il n'était jamais lui-même, mais tromper un être lui donnait la sensation de le posséder.

Pourtant, Alain lui éclatait de rire au nez.

— Le risque ! Il y a drogue et drogue. Votre opium, c'est assez tranquille.

— Avec ou sans drogue, tout être qui a une vraie sensibilité se tient à la limite de la mort et de la folie.

— Vous ne mourez pas.

— Croyez-vous ?

Alain réprima un sourire trop insolent. Chez Urcel, dans le cas où il se sentait près d'être percé à jour, l'impudence devenait une audace.

— Je me suis toujours senti dans ce monde et dans un autre, lança-t-il tout de go.

— Non ! Dans un autre ! Comment peut-on être dans deux endroits à la fois ?

— Ça ne vous est jamais arrivé ?

Alain eut une moue tout à fait dégoûtée.

— J'ai cru ça autrefois, quand je me soûlais avec des mots, mais c'était une affreuse blague. Rien ne bouge.

— Le croyez-vous ? s'écria Urcel avec indignation.

— Je le crois.

Urcel voulait sauver le prestige poétique de la drogue.

— Il y a quand même une espèce de gauchissement de tout..., commença-t-il.

Alain le coupa.

— La drogue, c'est encore la vie; c'est embêtant, comme la vie.

— Ah! non! C'est la vie, mais atteinte par un certain rayon. C'est un état de veille bien salutaire. On connaît l'envers et l'endroit; on a un pied dans chaque monde.

— Au fait, c'est vrai, vous croyez à l'autre monde.

Alain ne ricanait plus. Il prit son verre de whisky, il en but un grand coup. Il n'était pas fier d'avoir à tant mépriser un garçon dont il avait pris autrefois la finesse de touche pour de la délicatesse.

Urcel fit la grimace, il sentit qu'il avait été trop loin. Il se disait chrétien, depuis quelques mois; mais il se flattait de ne pas fâcher les libertins au milieu desquels il avait toujours vécu. Son art avait faibli; devant Alain, il aurait dû dire la même chose, sans y mettre de teinte religieuse. Sous le ton terre à terre qu'Alain affectait à peine et qui le choquait comme antipoétique, il craignait la rigueur morale. Mais il ne pouvait plus qu'aller de l'avant.

— Mon cher, vous n'allez pas me chamailler pour des mots que j'emploie, s'écria-t-il en haussant le ton. Je ne joue jamais sur les mots, mais je me sers de ceux qui me sont commodes. Je

me suis aperçu un jour que j'employais des mots
qui étaient aussi ceux des mystiques : allais-je
m'en priver ? Voyons, vous qui n'êtes pas un
fanatique, vous qui avez horreur des systèmes,
vous reconnaîtrez un fait qui n'est étranger à
aucun d'entre nous : nous avons tous, d'une
façon ou d'une autre, le sentiment que nous ne
pouvons mettre le meilleur de nous, notre plus
vive étincelle dans notre vie de tous les jours,
mais qu'en même temps cela ne se perd pas.
Vous ne trouvez pas ? Cette vivacité qui s'élance
en nous et qui semble étouffée par la vie, ne se
perd pas ; elle s'accumule quelque part. Il y a
là une réserve indestructible, qui ne se désa-
grégera pas le jour où les forces de notre chair
fléchiront, ce qui nous garantit une vie mystérieuse...

Urcel s'arrêta. Totote laissa entendre un râle
de fureur, Alain regardait Urcel avec de plus en
plus de malveillance.

— Je n'ai jamais senti que moi dans moi.

Mais alors que l'envahissait un plus long cri,
il s'arrêta net. Il s'étonnait du nouveau déve-
loppement que nourrissait la ruse d'Urcel, une
ruse tout intérieure et qui ne pouvait duper
que celui-là qui s'en servait. Mais, en se dupant,
Urcel assurait sa tranquillité. Il s'était dit
d'abord : « Je ne me perds pas parce que je
fume, mais je fume parce que je me perds », —
raisonnement qu'Alain connaissait bien. Ensuite, il avait ajouté : « Au reste, ma perte n'est

qu'une apparence, ce que je perds d'un côté, je le regagne de l'autre. »

Alain était incapable de s'inquiéter de ce qu'il y aurait pu y avoir, au lieu de la frime d'Urcel, de plus sérieux dans un pareil raisonnement. Il n'avait aucune idée de ce que c'est qu'être chrétien : il ne pouvait se représenter ce besoin de raviver, toutes fenêtres closes, ce qu'on ne peut supporter en plein air, ce goût paradoxal de la vie qui, l'ayant défaite dans un plan, la refait dans un autre.

Mais, dans le cas présent, il n'était besoin que d'un peu de bon goût pour se scandaliser du sans-gêne avec lequel un homme frivole, un intrigant des sentiments et des idées, s'installait dans l'attitude dont il avait besoin dans le moment.

Et, au surplus, Alain, surtout quand il s'agissait d'autrui, ne crachait jamais sur les faits. Il n'oubliait pas qu'Urcel courait désespérément après les jeunes hommes. Ce qui d'abord lui réussissait auprès d'eux, lui nuisait ensuite : il les surprenait et bientôt il les fatiguait par son bavardage inépuisable. Le résultat de ces déconvenues était qu'Urcel avait froid : il venait se réfugier auprès de la lampe de Praline. Autrefois on prenait la bouteille. Tels étaient les faits; mais l'hypocrisie entrait en scène, appelée par la peur.

Alain rapprocha Urcel de Dubourg. Celui-ci commençait aussi à transposer sa vitalité, pour sauver ce qui lui en restait, dans un monde incontrôlable.

Peut-être cette opération est-elle commune à tous les hommes qui vivent d'imagination et de pensée, surtout quand ils arrivent au milieu de leur âge. Mais la passion, la folie d'Alain qui pourtant n'avait jamais vécu, c'était de supposer qu'on peut vivre dans un seul plan, engager toute sa pensée dans chacun de ses gestes. Faute de pouvoir le faire, il demandait à mourir.

Cependant, incapable de discuter, il réprimait tant bien que mal les interjections qui se pressaient dans sa gorge : il ne fit que répéter d'un ton bas et furieux :

— Je ne connais que moi. La vie, c'est moi. Après ça, c'est la mort. Moi, ce n'est rien ; et la mort, c'est deux fois rien.

Urcel avait horreur de la violence ; aussi, craignant de provoquer la colère d'Alain, étouffait-il celle qui lui venait devant son hostilité bornée. Derrière ces paroles courtes, d'ailleurs, il sentait toujours cette rigueur qui lui en imposait. Pourtant, il lui fallait encore parler, d'abord pour empêcher un effrayant silence, et aussi parce qu'en défendant ces idées qu'il avait rencontrées et qui convenaient si bien à ses vices et à ses faiblesses, il défendait sa peau. Il reprit donc avec une douceur presque suppliante :

— Ce que nous appelons la vie, ce que nous appelons la mort, ce ne sont que des aspects entre autres d'une chose plus secrète et plus vaste. Nous mourons à toute vitesse pour atteindre à quelque chose d'autre...

Totote se dressa parmi les coussins comme sur sa queue un serpent qu'on a attaqué.

— Pourquoi craignez-vous les mots ? Dites-le donc le mot que vous retournez dans votre bouche : Dieu.

Urcel restait le dos tourné à la pauvre femme ; mais il fronça les épaules avec effroi et jeta à Praline un regard de reproche.

Praline regardait Totote avec un mépris amusé. Pourquoi recevait-elle ce laideron envenimé ? Totote, grâce à sa petite fortune, était parvenue à retenir auprès d'elle un homme que Praline avait eu comme amant et qui l'avait quittée. Aussi Praline gardait à portée de la main cette chair hideuse pour en tirer une vengeance lente et intermittente.

L'homme était mort. Faible et buté, crédule et voulant se vanter d'être conséquent, il avait emmêlé plusieurs idées dont il se flattait de composer une subversion totale. Obsédé de l'idée de Dieu, il se disait athée, mais toute sa fureur avait abouti au manichéisme : il voyait double et parlait sans cesse d'un Dieu et d'un Diable qui tour à tour se confondaient et s'opposaient. Il se croyait communiste, mais sa pensée était assez courte pour qu'il se satisfît de l'idée d'une révolution qui serait une catastrophe sans lendemain. Il était aussi sadiste. Enfin, il s'était tué de drogue. Totote avait hérité de ses haines.

Elle se jeta avec rage au milieu du silence qu'on faisait autour d'elle.

— Après tout, je devrais vous bénir, Urcel, vous êtes le plus parfait blasphémateur qu'on puisse rencontrer. Personne ne s'entend mieux que vous à trousser la religion. Cette idée de confondre la drogue et la prière, c'est tout à fait réjouissant...

— Là, c'est assez, coupa Praline.

Au bout d'un instant, Urcel dit à Alain :

— Continuons. Rien ne m'empêchera de croire que nous pourrions nous comprendre. Je sens dans votre goût du risque...

Son naturel timoré lui jouait un mauvais tour : il avait éprouvé le besoin de se retourner vers Alain comme pour s'appuyer sur lui contre l'attaque de Totote. Mais, du coup, il avait oublié toutes les précautions qu'il devait prendre avec lui. Il venait de répéter sans ménagement un mot qui, dès le début, avait fait dresser l'oreille à celui-ci :

— Le risque ! Alors, décidément, vous croyez que vous courez un risque ? Quel risque ?

Urcel tâcha de dissimuler son effroi redoublé sous un sourire d'étonnement.

La voix d'Alain avait tremblé. S'étant ressaisi après un court instant, il continua :

— Vous avez trouvé un joli petit système pour vous tranquilliser l'esprit. A part ça, quel risque courez-vous ? Vous fumez ? Il y

a des fumeurs qui vivent jusqu'à soixante-
dix ans. Tout ce que vous risquez, c'est de
vous abrutir.

Alain s'arrêta, regarda Urcel et soudain
éclata de rire. Il songeait que la conversation
avait fait enfin son tour complet : on en arrivait
à expliquer cette idée de risque autour de
laquelle Urcel tournait depuis une demi-heure
et dont le tartufe croyait l'amadouer, lui, Alain.

Urcel, renversé dans les coussins, tourna vers
le ciel une face suppliciée.

— Évidemment, à la longue, vivant moins,
vous écrirez plus faiblement, acheva Alain avec
lenteur. Et puis, après ? Mais peut-être que cela
vous gêne ? Peut-être même, après tout, que cela
vous gêne beaucoup ? Ce serait là le risque dont
vous vouliez tant me parler.

Alain avait été trop loin ; soudain Praline lui
jeta d'une voix sifflante :

— Vous en parlez à votre aise.

Alain frissonna.

— Il me semble qu'autrefois vous avez songé
à écrire. Vous avez oublié les satisfactions que
probablement vous en attendiez ?

Aussitôt Alain se déconcertait. Et pourtant,
quand il refusait à Urcel le droit de parler de
risque, c'était en connaissance de cause, car pour
lui, le risque était évidemment quelque chose
de plus grave que pour l'autre. Il s'était jeté sur
la première pente qu'il avait rencontrée, mais il
la descendait jusqu'au bout. Pour rien au monde

il n'aurait voulu se raccrocher et s'arrêter à un prétexte.

Mais Praline venait de le frapper à un point sensible. Il n'avait pas été sans se demander souvent : est-ce que tous les dégoûts ne viennent pas de ma médiocrité? Pourtant, il se rappela le bref retour au papier et à l'encre qu'il avait fait la veille au soir : il pouvait se dire qu'il lui aurait fallu se sentir possédé d'un cri bien plus fort que celui d'Urcel, pour admettre de prolonger ses désirs et sa vie en pensant et écrivant.

Et, au reste, il savait de quelle ancienne rancune se nourrissait la sévérité de Praline. Il l'avait connue, quand elle essayait de vivre. Dans ce temps-là, on buvait du champagne chez elle, on ne fumait pas et, au petit jour, elle retenait un des hommes qui étaient encore là. Mais celui-là s'enfuyait deux heures plus tard, déçu, car elle n'avait rien pu lui donner, ayant tout gaspillé dans les coquetteries de la nuit.

Cependant Praline, lisant les pensées d'Alain, voulut le défier.

— Urcel court un plus grand risque qu'un autre, parce qu'il a plus à perdre qu'un autre.

Alain hocha la tête, le visage fermé.

— Il faut qu'il fasse son œuvre, acheva-t-elle.

Dans son emportement, elle oubliait son savoir-faire habituel et prenait un ton emphatique.

Urcel en fut fort agacé.

— Je vous en prie, ma chère...

— Une œuvre, qu'est-ce que c'est que ça ?
grinça Alain.

— Quand on a quelque chose dans le ventre,
il faut que ça sorte. Vous ne savez pas ce que
c'est.

— Ce qu'on a à dire on n'a besoin que de
le dire une fois, on n'a pas besoin de le répéter.

— Mon pauvre ami, vous n'avez aucun sens
de ces choses.

Alain, plus pâle que jamais, but une gorgée
de whisky. Il regarda soudain Urcel.

— Vous écrivez depuis diablement longtemps.

Praline se préparait à bondir de nouveau en
avant, mais Urcel la fit taire d'un geste brusque.

Alain se renfonça dans son fauteuil, savourant
une certitude qui, pour être amère, n'en était
pas moins facile. De nouveau, il comparait
Urcel à Dubourg et se disait : « Voilà ce qui les
retient à la vie : leur œuvre ! » Il s'éprenait défi-
nitivement de son idée de la gratuité. Naïf
dandy, il croyait que tout pourrait être rapide,
éphémère, sans lendemain : une trace brillante
qui s'efface dans le néant.

Malgré l'avertissement d'Urcel, Praline se
soulagea encore.

— Vous me faites rire. Vous vous arrangerez
bien comme nous, entre la drogue et la vie.

Alain baissa les yeux doucement.

— Assez, cria Urcel.

Il était fort gêné du secours maladroit que Praline lui apportait.

Praline soudain parut honteuse. Tout au fond d'elle-même, elle jugeait fort bien Urcel ; elle savait qu'il était, tout autant qu'elle, brutalement personnel et fort peu soucieux de véritable délicatesse. Et pourtant elle l'admirait d'en prendre parfois d'une façon si réussie, pensait-elle, les apparences. Elle se sentait incapable de pareilles habiletés, et en prenait d'elle-même un sentiment humilié.

Mais d'un autre côté, elle avait appris de la vie qu'il ne faut jamais donner aux gens l'habitude de vous marcher sur les pieds.

— Après tout, vous feriez peut-être mieux de ne plus venir ici et de ne plus fumer, lança-t-elle donc à son vieil ami.

Aussitôt elle eut peur, non pas d'avoir froissé Urcel, mais d'une perspective qu'ouvraient ses paroles. « L'opium m'enlève mes dernières années de jeunesse, s'il lui enlève son talent. »

Toutefois, avec sa vieille vitalité, elle ne pouvait rester sur une vue aussi funèbre. Elle se reprit sur-le-champ.

— Je veux blaguer, Urcel, vous êtes comme une salamandre. Alain, demandez-lui de vous montrer ses derniers poèmes, ils sont exquis.

— Une façon d'arranger tout, grogna Totote.

Depuis un instant, Urcel préparait fiévreusement une pipe.

Alain se leva et se mit à marcher.

« Quelle ignominie que tout cela, gémissait-il en dedans. Comme la vie sait nous humilier. » Mais, avant les autres, j'entrerai dans la mort.

Il y avait, somme toute, du chrétien chez Alain. Mais par-dessus ce chrétien, il y avait un homme qui, s'il acceptait sa faiblesse comme allant de soi pourtant ne voulait pas s'arranger avec cette faiblesse, ni essayer d'en faire une sorte de force; il aimait mieux se raidir jusqu'à se casser.

Il dit :

— Je vais m'en aller.

Il se leva et vint vers Praline pour lui dire au revoir. Ce mouvement soudain changea l'atmosphère. « Après tout, où va-t-il ? » se demanda-t-on.

— Mon petit Alain, vous reviendrez nous voir bientôt, dit Praline d'un air anxieux.

— Nous manquons de monde, laissa tomber Totote.

— Mais oui, mais oui.

— Je vous aime bien, nous sommes de vieux amis. Il ne faut pas être triste.

— Urcel vous lira ses poèmes, ajouta Totote.

— Au revoir, Alain, dit Urcel en brouillant tous les sentiments dans un sourire : la coquetterie et la peur, la haine et l'amour.

— Il est devenu impossible, s'écria Praline quand il fut sorti; au fond, c'est un raté et un envieux.

— Ne dites pas de bêtises, répliqua aigrement

Urcel, c'est un très gentil garçon, qui est très malheureux.

— Oui, c'est vrai, il est très malheureux, reprit Praline. Tout ça finira mal... mais il ne se tuera pas.

— Qu'est-ce que vous en savez? siffla Totote.

Ils reprirent leurs pipes.

Pourquoi Alain continuait-il? N'en avait-il pas assez vu? Et s'il voulait se tuer, quelle meilleure heure que sept ou huit heures du soir, quand tous les désirs, dénoués du travail, s'élancent à toute vitesse à travers la ville et font un tourbillon affolant? Mais non, la vie n'est qu'habitude, et l'habitude vous tient aussi longtemps que vous tient la vie. Comme tous les jours de sa vie, Alain continuait sa ronde de cinq heures du soir à deux heures du matin. Maintenant, il lui fallait aller chez les Lavaux.

Terrible d'aller chez les Lavaux, toujours terrible, plus terrible que jamais. La maison d'abord était trop plaisante. La mère de Lavaux qui, en dépit de sa fortune, avait su jouir de la vie d'une manière assez libre et assez noble, avait eu l'idée de construire une belle maison solide en pierre avec des portes et des fenêtres; et rien d'autre. Point d'ornements, rien que le nécessaire. Mais le nécessaire forme le plus parfait ornement.

Tout cela était simple et solide, et faisait entrevoir à Alain à chaque visite quelque chose dont l'avait à jamais privé son caractère ou son milieu, le parti d'accepter la vie de façon ferme et franche.

Devant cette façade, Alain s'arrêta un moment. Il n'était pas ivre, il n'avait bu que trois whiskys. Il n'avait pas tellement envie de se repiquer : la seule présence de la drogue, même en dose infime, lui suffisait. Il se félicita de se présenter dans une tenue décente chez les Lavaux, chez qui régnait une harmonie qui lui en imposait.

Il entra dans le salon : à travers un groupe qui se serrait autour de Solange Lavaux, il l'atteignit.

Elle tendit la main à Alain avec ce sourire de gratitude qu'elle offrait à tous les hommes, car tous la désiraient et la chérissaient. Dans cette génération, on n'aura pas vu une autre beauté aussi parfaite, aussi familière. Elle était courtoise comme une princesse à qui les parvenus n'ont pas encore appris la morgue.

Une voix chaude résonna. Le grand Cyrille Lavaux, si droit, si mince, tendait la main à Alain. Sa laideur était aussi séduisante que la beauté de sa femme. Il l'entourait d'un amour si sain, si net, si gai qu'elle en paraissait encore une créature plus réussie.

Lavaux promena doucement Alain parmi ses autres amis. Il y avait trois hommes et trois femmes. Alain connaissait toutes les femmes et deux des hommes.

— Tu connais Marc Brancion ?

— Non.

— Enfin, c'est une façon de parler.

C'était une façon de parler, en effet : on connaît les héros. Autrefois, on les voyait sur la place publique, maintenant, on les voit et les entend dans les cinémas. Et bientôt, par la télévision, leur recès le plus intime sera de verre ; alors régnera une totale fraternité.

Brancion avait une gueule de héros : le teint plombé par la fièvre et les dents broyées par quelque accident brutal. On regardait avec beaucoup de considération cet homme qui avait volé et tué, car il l'avait fait par lui-même, ce qui n'est pas l'habitude des maîtres de notre époque.

Alain regarda Brancion qui ne le regarda pas.

— Veux-tu du porto ?

Lavaux, qui avait toujours du très bon porto, refusait de donner des cocktails. Il gardait la tradition de sa mère. Et de son père ?... Peut-être, mais il avait à choisir entre plusieurs pères : un prince, un peintre, un acteur sorti du peuple. Avec bon sens, il s'en tenait à sa mère et jouissait du riche mystère, de la rare liberté d'être un bâtard.

— Madame est servie.

On passa du salon dans la salle à manger. Ce

qui plaisait dans cette maison, c'est qu'elle
n'était pas vide. Pas trop de choses, mais enfin
des choses, et exquises : des meubles, des
tableaux, des objets. Tout ce qui paraissait
inutile avait son utilité secrète; c'était autre
chose que chez Praline.

Bonne cuisine, faite par une campagnarde,
très mijotée, avec des odeurs de plein air.

Alain, assis, les regarda tous. Ces êtres dont il
était à jamais séparé lui plaisaient.

Sauf Mignac. Celui-là lui ressemblait trop, ou
du moins, lui avait trop ressemblé, il le détestait.

Alain se trouvait entre Anne et Maria.
C'étaient les anciennes femmes de Brancion; sa
femme actuelle, Barbara, était assise à la droite
de Cyrille. Brancion était à la droite de Solange,
de l'autre côté d'Anne. A chaque retour en
France, il lui fallait épouser dans les vingt-
quatre heures une femme qu'il quittait le jour
de son départ.

« Il a eu des femmes; il a volé et tué, il
connaît l'Asie comme sa poche. Il me méprise-
rait s'il me connaissait; mais il ne me connaîtra
pas, jamais il ne me regardera.

« Tous ces gens vivent, on dirait qu'ils sont
beaux. Mignac étale des joues pleines de sang, il
s'est couché à quatre heures du matin, il a fait
deux heures de cheval avant midi; puis il est
allé à la Bourse, où il a gagné de l'argent. Et
pourtant autrefois, je me promenais avec lui la

nuit et il était aussi incapable que moi de se saisir de la vie.

« De quoi parle-t-on ? »

Il semblait qu'on ne parlât de rien quand on était à côté d'Anne. Était-elle bête ? Question vaine. Elle était paisible, elle riait tranquillement ; elle avait un amant dont elle était contente. Elle l'avait trompé d'abord, mais elle avait été absorbée peu à peu par lui ; maintenant, elle dormait, repliée dans la chaleur des entrailles de son maître.

Cyrille parlait fort, riait fort, interpellait tout le monde à la fois. Cette heure-là était sa raison d'être. Il mangeait, sans hâte ni retard, la fortune incertaine que sa mère lui avait laissée ; il avait déjà vendu la maison de Touraine. D'un bout de l'année à l'autre, avec ses amis, il fêtait Solange, ce corps abondant et fin, fait pour les draps, ce sourire enchanté, d'un enchantement tout terrestre.

Elle avait une morale sommaire : le plaisir. Mais son plaisir se confondait aisément avec celui des autres. A seize ans, elle avait quitté sa famille qui était riche, mais ennuyeuse, et elle s'était faite courtisane. Une vraie courtisane, capable de joie, une Manon. Maintenant elle était mariée avec Cyrille à qui elle avait donné des filles aussi belles que leur mère. Elle était déjà passée par deux mariages, les seules faiblesses qui pussent faire comparer cette courtisane à une femme du monde. Elle avait

besoin d'argent, mais pas plus que n'en avait
Cyrille. L'argent pour animer l'amour, l'amour
pour animer l'argent. Pour le moment, elle
aimait Cyrille. Elle aimait toujours pour un long
moment. O saisons! O lits!

Brancion lui plaisait-il? Brancion était mieux
que Cyrille, mieux que Mignac, mieux que
Fauchard, mieux que tous.

— Brancion, mon ami Alain vous dévore des
yeux, lança Cyrille.

Brancion regarda Cyrille et non pas Alain, rit
froidement et continua de parler à Solange.
Cyrille n'était pas jaloux, il pensait tenir sa
femme pour plusieurs années; il faisait bien
l'amour, il avait encore deux millions devant
lui. Après? Mais après, sa jeunesse serait finie.
Il saurait d'ailleurs très bien se réformer.

« La sûreté, la tranquillité de ces gens »,
se répétait Alain, bouche bée comme un enfant
qui reçoit des grandes personnes les idées les
plus grossières et les plus simples, et oublie d'en
profiter.

Que vaut cette ingénuité?

A la gauche de Solange, Fauchard, qui avait
repris Maria à Brancion. Maria était Russe. Une
paysanne russe, avec un visage, un corps taillés
en plein bois. Bien qu'il fût atrocement chauve,
borgne, mal habillé, lourd de paroles, elle aimait
Fauchard. Elle avait refusé de l'épouser, mais
demeurait dans sa maison. Elle dormait, jouait
avec ses chiens et ses enfants, grillait des ciga-

rettes, mangeait des bonbons. Elle n'avait jamais
ouvert un livre et savait à peine écrire les cinq
ou six langues qu'elle parlait.

Fauchard, fils d'un homme qui avait beaucoup travaillé, avait hésité avant de se décider
à remplacer son père à la tête de ses usines car
il prisait par-dessus tout de passer d'intermi-
nables heures dans le commerce secret des
femmes, et n'avait besoin que de peu d'argent.
Pourtant, modeste, il ne s'était pas trouvé assez
exceptionnel pour rejeter une tâche qui lui
paraissait trop commune. Dès lors, il avait
étouffé sans plainte ses penchants immodérés, et
s'était montré ponctuel, capable de réflexion et
de décision. Mais par ailleurs, il se réjouissait
qu'une femme comme Maria s'établît avec
aisance dans la liberté qu'il s'était refusée; il
était de ces hommes dont le cœur discipliné et
agrandi par le travail peut transposer ses propres jouissances dans un autre cœur. Chez cet
homme, d'un abord assez terne, il y avait une
élégance dissimulée qui séduisait Alain. Mais
Fauchard, pas plus que Brancion, ne tenait
compte d'Alain. Alain aurait voulu plaire à tous,
sauf à Mignac.

« Dans cette maison, je me trouve exactement sur le terrain où j'aurais voulu vivre, sur
lequel j'aurais dû triompher. Je voudrais plaire
à Fauchard. »

Mais il voulait plaire aussi à Brancion; et
aussi aux femmes. A celles-ci, il plaisait, d'ail-

leurs; chacune lui jetait un gentil sourire indifférent par-dessus l'épaule de l'homme qui la tenait. Il plaisait aussi aux Lavaux.

« Je plais à tout le monde et à personne. Je suis seul, bien seul. Après le dîner, je m'en irai. »

Cyrille le surveillait du coin de l'œil; il avait pour Alain ce désir vague de sollicitude que celui-ci provoquait chez tous et dont il se mortifiait tant. Mais chez Cyrille, cette disposition éclatait en algarades claironnantes.

Comme il venait de boire une longue lampée de Monbazillac — dont il avait reçu une pièce ces derniers temps, et dont il était heureux d'avoir fait goûter à ses amis, ce soir, la délicatesse chaleureuse — il hurla :

— Chaque fois que je vois Alain, je me rappelle cette magnifique anecdote : à sept heures du matin, un agent trouve, dormant du plein sommeil de l'ivrogne, un jeune homme allongé sur la tombe du Soldat inconnu. Ledit jeune homme croyait si bien être dans son lit, qu'il avait posé sa montre, son portefeuille et son mouchoir à côté de la flamme, comme à côté de son bougeoir, sur sa table de nuit.

Brancion, détourné de Solange, demanda brusquement à Cyrille :

— Quoi?... Quel est le héros de cette histoire?

Cyrille partit d'un vaste éclat de rire.

— C'est Alain, ici présent. Moi, je trouve que c'est une très bonne plaisanterie.

Brancion tourna la tête vers Alain, le regarda paisiblement blêmir, puis revint à Solange.

La sueur perlait au front d'Alain. Pour comble de honte, le regard de Solange croisa le sien. Soumise à l'autorité de Brancion, elle se moquait de lui sans méchanceté, sans pitié.

Il y avait eu un silence, une crispation de tous les visages. Mais Cyrille, avec force gestes et force paroles, déjà se débarrassait et débarrassait les autres de toute honte.

De l'autre côté de la table, Alain alla encore cueillir le regard apitoyé de Fauchard; Mignac eut le tact de lui refuser le sien.

C'était fini.

Il but. Anne et Maria se tournaient gentiment vers lui, mais tout d'un coup, il était ivre. Ivre de honte.

« J'aurais voulu être comme Brancion, se disait-il tout bas avec un frisson de petit enfant. Puisqu'en tout cas, qui qu'on soit, on a envie des mêmes choses que tout le monde, comme tout le monde, il faut s'occuper de les prendre et les prendre à tout le monde. Ensuite on peut tout mépriser, choses et gens. Mais pas avant, pas avant. Avant, on est un estropié qui crache sur les gens qui marchent droit. J'ai humilié, déshonoré le beau sentiment de mépris qui m'avait visité. Ma vie est à écraser du pied. »

On sortit de table. En passant d'une pièce dans l'autre, il gémit encore à mi-voix :

« Je suis un niais. »

Les uns restaient dans la salle à manger, les autres gagnaient le salon, la bibliothèque, le boudoir de Solange.

Cyrille prit par le bras Brancion et lui expliqua qui était Alain. A Paris, Brancion restait en Asie et regardait tout de fort loin, sauf ce qui concernait ses intérêts immédiats auxquels il donnait tous les soins possibles. Il eut pour le personnage que défendait Cyrille la même indulgence dédaigneuse que pour celui-ci.

— Si vous me faites causer avec lui je le blesserai encore plus, dit-il tranquillement.

— Dans le cours de la soirée, vous trouverez à lui dire un mot gentil.

— J'en doute.

Brancion souriait. Il portait son râtelier avec ostentation; les femmes n'en étaient pas dégoûtées.

Cyrille courut rejoindre Alain dans un coin de la bibliothèque.

— Je regrette beaucoup d'avoir fait ce malentendu entre toi et Brancion. Il te plaît et s'il t'avait rencontré en Asie, tu lui aurais plu.

— Mon petit Cyrille, je t'adore. Rien de ce qui me touche n'a d'importance. Je ne suis pas allé en Asie et c'est atroce de ne pas exister et de se promener sur deux pieds, parce qu'alors on souffre des pieds atrocement. Tu ne sais pas comme je souffre des pieds.

Cyrille ne put s'empêcher de regarder les

pieds d'Alain, puis ses yeux remontèrent vers son visage, où l'alcool luttait contre la panique. Il tenait un verre de fine d'une main tremblante.

— Mais je serai heureux, reprit-il, de féliciter M. Marc Brancion pour les services qu'il a rendus en Asie à la cause de... Ah! le voilà.

Brancion traversait la pièce pour rejoindre Solange et sa femme dans le boudoir; il s'arrêta brusquement.

— Je tiens à vous dire, monsieur, commença Alain d'un ton qu'il voulait posé, mais qui parut emphatique, je tiens à vous dire que, pas plus que vous, je ne trouve drôle de se coucher sur une tombe, quand il est si facile de l'ouvrir et de se coucher dedans. Nul doute que le pauvre homme m'aurait fait place...

Il était parti pour un long discours, mais ne sachant comment se débarrasser de ce ton solennel qui s'attachait à ses paroles, il s'arrêta net, espérant se rattraper par la concision.

— C'est tout, ponctua-t-il.

— Je vous demande pardon, répliqua Brancion, comme sans l'avoir écouté, mais je ne me soûle jamais, et j'ai un parti pris contre les histoires d'ivrognes. D'ailleurs j'ai mal entendu l'histoire que racontait Cyrille.

— Vous aimez mieux le haschich que l'alcool, remarqua Cyrille mécontent.

— J'ai connu le haschich, et bien d'autres choses, coupa Brancion.

— Moi, je suis un pauvre drogué, repartit

Alain. La drogue, c'est bête. Les drogués, les ivrognes, nous sommes les parents pauvres. En tout cas, nous nous effaçons très vite. On fait ce qu'on peut.

Alain s'arrêta de nouveau; il était content, il avait joint à l'ignominie, le grotesque. Brancion, les mains dans les poches, regardait un tableau par-dessus l'épaule de Cyrille qui était sur des charbons.

— Alain, dit Cyrille, ne sachant que dire, tu es un peu parti.

— Non, je ne suis pas parti, mais je vais partir, je suis en retard.

— Ça non, tu vas rester.

— Je vais rester, mais je partirai.

Il se tourna vers Brancion.

— Figurez-vous que je suis un homme; eh bien, je n'ai jamais pu avoir d'argent, ni de femmes. Pourtant, je suis très actif et très viril. Mais voilà, je ne peux pas avancer la main, je ne peux pas toucher les choses. D'ailleurs, quand je touche les choses, je ne sens rien.

Il avançait sa main tremblante, et il regardait Brancion, quêtant une minute d'attention. Mais Brancion avait entendu, une fois pour toutes, la foule humaine et avait fermé ses oreilles à ce concert de mendiants, de charlatans de carrefours, de tire-laine sentimentaux.

Cyrille se creusait encore la tête pour établir un contact entre les deux hommes, quand Solange vint le chercher.

— Viens dire bonjour aux Filolie qui sont arrivés.

Alain reçut encore un coup au cœur : Carmen de Filolie, la plus belle, la plus riche Chilienne. Encore une qu'il avait laissée passer.

Il essaya de s'accrocher encore à Brancion.

— J'admire vos actes parce que vous n'y croyez pas.

— Vous vous trompez, j'y crois diantrement; mais je vous demande pardon, je vais dire bonsoir à Mme de Filolie.

Alain se trouva seul dans la bibliothèque. Il voulut s'enfuir, regagner la nuit, la rue, mais comme il mettait la main sur le bouton d'une porte qui donnait sur l'escalier, Fauchard, flanqué de Mignac, entra.

Il recula en voyant Alain seul, mais celui-ci, sans regarder Mignac, se précipita sur lui.

— Croyez-vous aussi dans vos actes?

— Cher monsieur, tel que je vous connais, si je vous dis oui, vous me dédaignerez; si je vous dis non, vous me mépriserez.

— Vous ne croyez pas dans votre argent, mais vous croyez dans Maria, hein?

— Je n'aime pas beaucoup parler de moi.

— Alors, vous n'aimez pas parler du tout.

— J'aime beaucoup écouter.

— Les industriels, assis dans leurs fauteuils, écoutent parfois parler ou même chanter les paresseux, mais je ne peux plus parler, je ne parlerai plus jamais.

— Qu'est-ce que tu as? demanda Mignac, d'un air assez ému.

Il se rappelait les années de peur et d'abandon quand il était pauvre, et qu'il attendait les miracles de la fantaisie dans les bras d'une jolie folle.

— Fauchard, je vous félicite d'avoir trouvé Maria, repartit Alain.

La figure de Fauchard s'illuminait malgré lui : il fronçait les sourcils tandis que sa bouche souriait.

— Enfin, vous avez une femme, moi je n'ai rien; vous ne savez pas ce que c'est que de ne pouvoir mettre la main sur rien.

— Voyons, dit Mignac.

— On a tout ce qu'on veut, mais aussi on n'a rien que si on le veut. Je ne peux pas vouloir, je ne peux pas même désirer. Par exemple, toutes les femmes qui sont ici, je ne peux pas les désirer, elles me font peur, peur. J'ai aussi peur devant les femmes qu'au front pendant la guerre. Par exemple, Solange, si je restais seul cinq minutes avec elle, eh bien, je me ferais rat, je disparaîtrais dans le mur.

— On va voir ça, dit Mignac.

Il sortit et revint avec Solange, puis il emmena Fauchard.

Alain se retrouva seul devant Solange. Une femme bien plus belle que Dorothy et que Lydia, bien plus amoureuse.

— Qu'est-ce qu'il y a, mon petit Alain ? Vous

êtes un peu gris, et bien triste. Qu'est-ce qu'il y a encore? Pourtant, vous êtes débarrassé de la drogue. Et la belle Lydia? Et la belle Dorothy? Et quelle nouvelle belle?

— Elles sont parties. Elles ne sont pas assez belles, pas assez bonnes.

— Elles sont ravissantes, elles vous adorent. Laquelle choisissez-vous? Les gardez-vous toutes les deux?

La bonhomie des femmes à son égard. Il jouissait d'un certain prestige à leurs yeux, mais quel prestige! Il en avait ému certaines assez profondément, mais elles se résignaient si facilement à passer, à sortir ou à ne pas entrer.

— Je suis fini, je ne peux plus remuer le petit doigt.

Il allongeait son doigt d'ivrogne.

— Vous avez le vin triste maintenant.

— Oh! je ne suis pas soûl, je ne peux pas être soûl. Je ne peux plus perdre la tête, il n'y aurait que la guillotine. Je pourrais aller voir du côté de la place de la Concorde, mais je ne la trouverais pas.

Il s'arrêta, il fit un effort énorme pour se ressaisir, pour ne pas se perdre dans la divagation.

Il avait quelque chose à dire à Solange.

— Écoutez, Solange, vous comprenez, vous êtes la vie. Eh bien, écoutez, la vie, je ne peux pas vous toucher. C'est atroce. Vous êtes là devant moi, et pas moyen, pas moyen. Alors, je vais essayer avec la mort, je crois que celle-là se laissera faire. C'est drôle, la vie, hein? Tu es une jolie femme, bonne, tu aimes l'amour et pourtant, nous deux, rien à faire, hein?

— C'est une question de moment, Alain, entre un homme et une femme.

— Les femmes sont toujours en main.

— Que non! J'ai des tas d'amies qui vous attendent.

— Elles m'attendent si bien qu'elles m'oublient.

— Mais non, elles cherchent.

— Elles ne cherchent pas, elles attendent.

— Elles aiment peut-être autant que moi l'amour, la chose bien faite.

— Ah! voilà, la chose bien faite.

Il parlait de plus en plus fort, avec une voix saccadée et le visage criblé de tics convulsifs.

Cyrille vint jusque sur le seuil; Solange l'éloigna d'un geste.

— Je n'ai pas su prendre soin de moi, mais quand même, au moins une fois, quelqu'un aurait dû s'occuper de moi.

Voilà ce qu'il n'avait pas osé crier aux hommes. Une supplication, ç'aurait tout de même mieux valu que rien. Il peut y avoir beaucoup de force dans une vraie supplication.

— S'en aller sans avoir rien touché. Je ne dis pas la beauté, la bonté... avec tous leurs mots... mais quelque chose d'humain... enfin vous... vous savez les miracles... Touchez le lépreux.

— Alain.

Solange avait dans le cœur une vanité folle et légère de jeune chatte, mais aussi un sentiment ferme de la vie, une bonté nette. Elle devinait que le moment était grave; elle connaissait les hommes, elle savait quand ils se tuent ou quand ils blaguent, elle en avait vu tellement se rouler à ses pieds ou dans son lit. Il faudrait peut-être bien coucher avec celui-ci, ça lui remettrait du cœur au ventre.

Cyrille et Brancion rentrèrent. Aussitôt tout était perdu pour Alain, les regards de Solange coururent à la taille svelte de son mari, puis à la gueule fracassée de Brancion.

— Je m'en vais, cria Alain, il faut que je m'en aille quelque part.

— Non, reste avec nous, il faut que tu nous parles, encore, dit Cyrille avec le semblant d'autorité que lui donnait son inquiétude.

Mais quelque chose de la volonté de Brancion était passée dans Alain. Il fit effort sur lui-même pour se calmer, pour les dépister.

— Une femme m'attend.

Brancion le regarda, une seconde.

— Je reviendrai, mais maintenant il faut absolument que je parte.

— Alors, tu viendras déjeuner, demain.

— Oui, c'est ça, mais oui.

« Ah! non, demain, je ne mangerai plus », se dit-il.

Il alla jusqu'à la porte de la bibliothèque, il

aperçut tous ces hommes et toutes ces femmes, assis ou debout, çà et là, dans une douce odeur de bons cigares, causant avec majesté.

« Je vais me jeter dans une mort où je ne les retrouverai pas. »

Il se retourna vers Cyrille.

— Veux-tu sortir par l'autre côté ? lui dit celui-ci.

— Oh ! oui.

« Assez d'humiliations. »

Il baisa la main de Solange qui ne put pas se détacher de Brancion, et lui dit distraitement :

— A demain, Alain.

Cyrille descendit avec lui jusqu'au grand vestibule dallé.

— Ça m'ennuie de te voir t'en aller. Qu'est-ce que tu as ? Pourquoi n'as-tu pas passé l'été avec nous ?

Cyrille était bien gentil, mais il ne lui avait pas envoyé un seul télégramme pour l'appeler, pour le sauver. Comme Dubourg.

— As-tu de nouveaux ennuis ? Qu'est-ce que tu veux, si tu ne peux pas te passer de drogue, prends-en. Fume un peu, ça te calmera.

— J'ai horreur de l'opium, la drogue des concierges.

— Marie-toi.

— Je suis voué au célibat.

— As-tu besoin d'argent ?

— J'ai des milliers de francs dans ma poche.

— Viens déjeuner demain, nous causerons ensemble toute la journée.

Une longue journée heureuse avec un ami charmant, dans une maison parfaite. Et tous les jours, tous les jours. Non, la rue, la nuit.

— Au revoir, Cyrille.

— Au revoir, Alain... Alain, reste. Alain, tu nous aimes bien.

— Oui, oui.

La rue.

Il se retrouvait toujours lui-même dans la rue ;
et déjà dans l'escalier. L'esprit de l'escalier,
l'esprit des solitaires.

Cette nuit de novembre était belle : le froid
faisait une ville sèche et vide ; pourtant, par
manie, il cherchait un taxi. Il marchait d'un pas
hâtif qui, pour un homme de trente ans, était
lourd et saccadé.

Il lui semblait que la soirée tirait à sa fin,
et pourtant il n'était que onze heures. Autrefois
c'était un commencement, aujourd'hui il se
demandait comment faire pour tuer encore
deux ou trois heures.

Enfin, il trouva un taxi. Il s'y engouffra. Il
donna l'adresse d'un bar dans le bas de Montmartre. Il suivait pas à pas sa vieille routine :
autrefois, après le cinéma, il passait là une heure
avant d'aller dans les boîtes de nuit.

Le monde était peuplé d'êtres que décidément
il ne connaîtrait jamais. Il se tuerait demain,
mais il fallait finir la nuit d'abord. Une nuit,

c'est un chemin tournant qu'il faut parcourir de bout en bout.

A cette heure-ci, toutes les femmes sont aux mains des hommes : Dorothy est aux mains d'un homme fort, aux muscles de fer, avec des poignées de banknotes dans ses poches. Lydia est aux mains des gigolos plus beaux les uns que les autres, de sorte qu'elle est obligée d'aller des uns aux autres. Solange tout à l'heure va se coucher dans les bras de Cyrille, en rêvant de Marc Brancion.

Les femmes et les hommes se tiennent. Les hommes, quelles brutes ! Toutes pareilles, attachées non pas à la vie mais à leurs besognes. Et quelles besognes ! L'égyptologie, la religion, la littérature. Mais il y a les hommes d'argent : Brancion, Fauchard. Voilà les vrais hommes.

« Leur monde m'est fermé, décidément fermé. Et c'est là que sont les femmes.

« Contre le monde des hommes et des femmes, il n'y a rien à dire, c'est un monde de brutes. Et si je me tue, c'est parce que je ne suis pas une brute réussie. Mais le reste, la pensée, la littérature, ah ! je me tue aussi parce que j'ai été blessé de ce côté-là par un mensonge abominable. Mensonge, mensonge. Ils savent qu'aucune sincérité n'est possible et pourtant ils en parlent. Ils en parlent, les salauds.

« Mais moi, je sais bien que je ne me bourre pas le crâne. Si je meurs, c'est parce que je n'ai pas d'argent.

« La drogue? Mais non, regardez. Je ne me suis piqué qu'une fois, ce soir. Alors? Je ne suis soûl que d'alcool et d'ailleurs je ne suis même pas soûl. Au fait, je vais me repiquer, il faut pourtant que cette héroïne serve à quelque chose. Me voilà au bar, je vais aux cabinets.

« Les cabinets, les lieux, comme on dit. Le lieu. »

C'est ainsi qu'Alain était acculé à la cellule, lui qui prétendait se révolter contre Urcel et son pseudo-mysticisme. Aboutissement obligé d'une morale de dégoût et de mépris.

Mais Alain, dans cet endroit, ne se confinait pas dans la méditation, ni ne rêvait. Il agissait, il se piquait, il se tuait. La destruction, c'est le revers de la foi dans la vie; si un homme, au-delà de dix-huit ans, parvient à se tuer, c'est qu'il est doué d'un certain sens de l'action.

Le suicide, c'est la ressource des hommes dont le ressort a été rongé par la rouille, la rouille du quotidien. Ils sont nés pour l'action, mais ils ont retardé l'action; alors l'action revient sur eux en retour de bâton. Le suicide, c'est un acte, l'acte de ceux qui n'ont pu en accomplir d'autres.

C'est un acte de foi, comme tous les actes. Foi dans le prochain, dans l'existence du prochain, dans la réalité des rapports entre le moi et les autres moi.

« Je me tue parce que vous ne m'avez pas aimé, parce que je ne vous ai pas aimés. Je me tue parce que nos rapports furent lâches, pour resserrer nos rapports. Je laisserai sur vous une tache indélébile. Je sais bien qu'on vit mieux mort que vivant dans la mémoire de ses amis. Vous ne pensiez pas à moi, eh bien, vous ne m'oublierez jamais! »

Il leva le bras et le piqua.

Ce bar était assez élégant et rempli de brillantes épaves : hommes et femmes dévorés d'ennui, rongés par la nullité.

Alain regrettait Solange. Jusqu'à ce soir-là, il n'avait jamais songé à lui faire la cour, paralysé par l'idée de la maîtrise de Cyrille. Et soudain cette femme si facile, si difficile, représentait pour lui tout ce qu'il perdait. Il avait un regret affreux de cette chair si réelle. Les humains marchaient et chantaient dans un paradis, la vie; ils allaient précédés de Solange et de Brancion. Même Dubourg marchait en queue de ce cortège. Il repensa à Dubourg, à la Seine grise, il ne reverrait plus la Seine. Mais si, il n'était pas pressé, il avait encore de l'argent, de la drogue. Non, sans Solange, impossible de survivre.

Il sortit du bar; il appela un taxi, il courut à un autre bar deux cents mètres plus loin. L'héroïne remontait en lui, mais comme après un raz de marée, l'eau qui repasse par une brèche et lèche ce qui ne se défend plus.

« Tiens, un camarade. Debout, devant le bar, comme moi, seul. Mon semblable, mon frère. Il m'écoute. »

Milou était un bon garçon, avec de ces refus

qui, en limitant la faiblesse, l'accusent : il n'acceptait pas toujours l'argent qu'on lui offrait, il y gagnait l'idée de son honnêteté, déplorable illusion qui lui voilait ses pires faiblesses. Il n'avait ni métier ni famille, mais de vagues camarades çà et là. Il était joli garçon, ce qui lui tenait lieu de tout, mais l'âge venait.

D'un tacite accord, Alain et Milou sortirent du bar pour marcher dans la rue. Milou avait été frappé par l'expression d'Alain.

— On dirait que tu as vu quelque chose d'extraordinaire.

Milou savait qu'Alain se droguait, mais il voyait bien qu'il s'agissait d'autre chose.

— Non, rien... J'ai vu Dubourg, Urcel, j'ai dîné chez les Lavaux. Mais si, c'est vrai, j'ai regardé les gens comme je ne les ai jamais regardés.

— Ah! oui, quelquefois, comme ça...

— Quelquefois, oui.

Ils descendaient vers l'Opéra, dans des rues vides.

— C'est pourtant malheureux de ne pas avoir de charme, reprit Alain.

— Pas de charme, toi! protesta Milou avec une vivacité qui en disait long sur sa candide admiration.

Alain évoluait sur un plan supérieur au sien; alors que lui, Milou, n'approchait les gens que dans les bars, Alain les suivait jusque dans leurs salons.

Alain haussa les épaules doucement :

— Mais non, je n'ai pas de charme, je suis sympathique à certaines personnes, et encore à certaines... Et puis c'est tout.

— Appelle ça comme tu voudras, mais tu plais.

— Mais non, je ne plais pas. Je n'ai jamais plu à personne. A dix-huit ans, quand j'étais assez beau, ma première maîtresse m'a trompé.

— Le coup était régulier. On est toujours cocu à dix-huit ans.

— Mais ça n'a pas cessé depuis. Toujours très gentilles, mais elles s'en vont... ou elles me laissent partir. Et les hommes...

— Tu n'aimes pas les hommes?

— Les amis, c'est comme les femmes, ils me laissent partir.

— Ce que tu me dis là m'étonne beaucoup.

— C'est comme je te le dis. Je suis maladroit, je suis lourd. Je me suis donné un mal de chien pour m'alléger. J'avais de la délicatesse dans le cœur, mais pas dans les mains.

— Tu as fait semblant d'être maladroit pour être drôle, mais tu l'as fait exprès.

— C'est ce qui te trompe : je me sentais maladroit, alors je tâchais d'en faire de la drôlerie. Mais je n'ai jamais pu me résigner à ne réussir que dans le genre du clown.

— Mais tu n'es comme ça qu'à tes moments perdus.

— Ma vie, ce n'est que des moments perdus.

— Mais qu'est-ce que tu aurais voulu faire?

— J'aurais voulu captiver les gens, les retenir, les attacher. Que rien ne bouge plus autour de moi. Mais tout a toujours foutu le camp.

— Mais quoi? Tu aimes tant de gens que ça?

— J'aurais tant voulu être aimé qu'il me semble que j'aime.

— Oui, je te comprends, je suis comme ça. Mais entre nous, je ne sais pas si c'est suffisant.

— J'ai toujours été aussi sensible qu'on peut l'être à toute gentillesse : je ne suis pas du tout un mufle.

— Oui, c'est déjà beaucoup. Mais, tu sais, de là à l'amour, il y a encore du chemin... Et puis d'ailleurs, quand même nous aurions vraiment de l'amour dans le cœur, est-ce que ça retiendrait les gens?

— On n'est aimé qu'autant qu'on aime. Ça a l'air idiot de dire ça, mais c'est vrai.

— Au contraire, c'est parce que nous sommes trop sensibles, que les gens se foutent de nous.

— Nous sommes sensibles, mais nous n'avons pas envie de les prendre. Voilà, il faut donner aux gens l'impression qu'on a envie de les prendre, et quand on les a pris, qu'on les tient.

Alain s'arrêta là-dessus. Il regardait droit devant lui la rue Scribe, un endroit comme un autre. Il jouissait amèrement de dire sur sa vie le mot le plus exact. Milou le regardait et s'effrayait. Ils allumèrent de nouvelles cigarettes et repartirent du côté de la Madeleine.

— Tu as raison, Milou, je n'ai pas aimé les gens, je n'ai jamais pu les aimer que de loin; c'est pourquoi, pour prendre le recul nécessaire, je les ai toujours quittés, ou je les ai amenés à me quitter.

— Mais non, je t'ai vu avec les femmes, et avec tes plus grands amis : tu es aux petits soins, tu les serres de très près.

— J'essaie de donner le change, mais ça ne prend pas... oui, tu vois il ne faut pas se bourrer le crâne, je regrette affreusement d'être seul, de n'avoir personne. Mais je n'ai que ce que je mérite. Je ne peux pas toucher, je ne peux pas prendre, et au fond, ça vient du cœur.

— Tu as peut-être raison. Mais il ne faut pas dire des choses comme ça. Penser ça, vous vide un homme comme un lapin. Ça vous donne envie de...

Il s'arrêta avec effroi, sans oser regarder Alain.

— Quand on a vraiment le goût des gens, reprit Alain qui avait noté l'arrêt de Milou et en savourait le fugitif pressentiment, ils sont très gentils, ils vous donnent tout : l'amour, l'argent.

— Tu crois? demanda Milou avec une enfantine concupiscence.

Alain se détourna de la rue Royale et gagna

les Champs-Elysées par la rue Boissy-d'Anglas. Au coin de l'avenue Gabriel, ils se heurtèrent à une rôdeuse.

— Bonsoir, Marie-couche-toi-là.

C'était une vieille batteuse de fourrés, bien connue des amateurs. Alain avait deux ou trois fois accepté ses services, mais elle ne pouvait le reconnaître, car des milliers d'hommes étaient passés par ses mains.

— Bonsoir, mes petits, grommela-t-elle, avec une voix de vieil ivrogne. Vous cherchez des caresses?

— Non, dit Alain, nous nous amusons tous les deux.

— Vous pouvez bien me prendre en plus. J'aime tout.

— Tu n'aimes rien.

— J'aime faire plaisir.

— Eh bien, bonsoir.

— Bonsoir, mes bijoux. Une cigarette.

Elle était couverte d'un amas de hardes aux couleurs bariolées mais délavées par la pluie. Elle puait la crasse et l'alcool et avança vers le paquet d'Alain une main rugueuse. Sa face était un vieux soleil chaviré.

— Si tu vois M. Baudelaire, dis-lui bonsoir.

— M. Baudelaire, pour qui me prends-tu? C'est un artiste.

— Ils s'en allèrent.

— Qu'est-ce que je te disais? reprit Alain.

— Que les gens vous donneraient tout si on les aimait.

— Oui, mais je me demande, après tout, si on peut les aimer. Après tout, ils aiment trop le mensonge. Tous, tous ceux que j'ai vus, aujourd'hui. Ils sont tous pareils, ça a l'air d'une blague : Urcel est aussi grotesque que Dubourg.

— Non, Urcel n'est pas dupe des grands mots comme Dubourg.

— Quelle blague! Urcel est un littérateur, un littérateur est toujours dupe des mots. S'il y a une chose dont les gens sont dupes, c'est de leur profession.

— Même nous?

— Bien sûr, nous aussi. C'est une profession de ne rien faire, voyons, c'est bien connu.

— Alors, en quoi consiste notre duperie?

— A croire que si nous ne faisons rien, c'est parce que nous sommes plus délicats.

— Oh! moi, je ne crois pas, je suis paresseux, voilà tout. Je n'ai pas honte de ma paresse, mais je ne m'en vante pas non plus.

— Mais au fond de toi, tu te crois un délicat. Moi, je le crois, je ne peux pas ne pas le croire. J'aurais voulu plaire aux gens, mais il y a un tour de main qui me manque. Et, au fond, ce tour de main me dégoûte.

— Alors, quoi faire?

— Ah ça!

— Tu te drogues toujours?

— Et toi, tu bois encore?

— Je ne peux plus, je ne peux plus lever un verre. Quant à l'amour, ça m'est encore facile. J'avais une facilité pour ça.

— Pas moi.

— Pas toi! Tiens, j'aurais cru.

— Moi aussi, j'ai cru.

— C'est la drogue qui t'empêche.

— Tu sais, les explications...

Ils marchèrent le long des Champs-Elysées, un long moment, sans rien dire. Milou avait sommeil, mais n'osait pas quitter Alain.

Alain marchait sans rien regarder, comme il avait toujours fait. L'avenue était pourtant belle, comme un large fleuve luisant qui coulait dans une paix majestueuse, d'entre les pattes du dieu-éléphant. Mais il avait les yeux fixés sur le petit monde qu'il avait à jamais quitté. Sa pensée errait de Dubourg à Urcel, de Praline à Solange et plus loin, jusqu'à Dorothy, Lydia. Pour lui, le monde c'était une poignée d'humains. Il n'avait jamais eu l'idée qu'il y eût autre chose. Il ne se sentait pas emmêlé à quelque chose de plus vaste que lui, le monde. Il ignorait les plantes et les étoiles : il ne connaissait que quelques visages, et il se mourait, loin de ces visages.

Ils remontaient lentement les Champs-Elysées; ils étaient fatigués tous les deux. Alain prolongeait ce dernier contact humain et laissait passer les taxis vides dont chacun pouvait le

ramener à la maison de la Barbinais. Milou
avait peur de se retrouver seul avec les pensées
qu'Alain lui laisserait. Les cafés fermaient; ils
s'assirent un moment sur un banc et restèrent
silencieux.

Tout à coup, Alain reprit machinalement :

— Bah! tout cela va s'arranger. D'ici un an,
nous serons très riches, très contents.

Il regarda du coin de l'œil Milou qui aussitôt espérait, lui demandait une confirmation :

— Tu crois?

— Tu as sommeil?

— Oui.

— Eh bien! bonsoir.

Alain se leva brusquement, serra en hâte la
main de Milou sans plus le regarder, et héla un
dernier taxi.

Réveil. Le plomb qui, à trois heures du matin, a scellé ses paupières et ses membres, se dissout en nappes pesantes. Mais tout de suite une idée de délivrance point et agit dans son corps : je suis entré décidément dans la zone de mort.

J'ai le temps d'ailleurs. Mais il regarde sur sa table les billets de banque froissés; il ne se sent pas de goût à dépenser encore tout ça. Quant à la seringue, là, sur la table de nuit, c'est usé, usé. Enfin, on peut rester dans son lit. Mais Alain n'a jamais aimé son lit. Pas assez jouisseur, pas assez sensuel.

Il se fait servir du thé, il dit un mot gentil à la femme de chambre qui n'est pas jolie, qui est bien sale. Il lui dit qu'il ne se lèvera que pour déjeuner : il est onze heures.

Peu à peu il se réveille, il se dégage des vapeurs de la nuit, il se lève. Quelle mine! Toutes les choses sont bien rangées partout, dans le cabinet de toilette comme dans la chambre.

Il s'assoit, il pisse, il chie. Il se relève, s'essuie, renoue son pyjama. Il se regarde dans la glace. Quelle mine! La gueule des pires jours est déjà repeinte à grands traits. Il se brosse les dents. Il allume une cigarette, il réfléchit. Il a beaucoup de choses à faire ce matin, avant le déjeuner : téléphoner à Cyrille pour lui dire qu'il ne viendra pas déjeuner ou pour lui dire qu'il viendra ; téléphoner à Dubourg. Pourquoi? Pour lui dire de venir le voir l'après-midi. Mais non, ne pas téléphoner à Dubourg. Pas de courrier. Rien de Dorothy. Pas de radio de Lydia. Aïe! Le cercle de la solitude armé de pointes intérieures se fait de nouveau sentir. Il faudra bien se tuer. Pourtant, sur la table, il y a encore tous ces billets à distribuer. Il a, somme toute, peu dépensé hier. Encore plusieurs jours, mais que faire? Où aller? Qui voir? Eh bien, il y a la drogue. C'est usé, c'est lent, c'est insuffisant. Prendre une dose énorme. Il l'a fait plusieurs fois; il s'est foudroyé plus qu'à demi. Il n'est pas mort, mais il peut en mourir. Se tuer de cette façon-là, quelle lâcheté!

Non. Alors?

Il y a le revolver, là, entre deux chemises, dans l'armoire. Oui, mais il ne faut le toucher que tout à fait décidé. On a le temps puisque la décision est foncièrement prise. En attendant, il y a cet argent. Mais cette absence des femmes, ce silence des femmes, définitif. L'impossibilité de revoir ses amis. Les entendre se répéter devant eux.

« Je vais m'habiller. Mais alors, déjeuner avec Mlle Farnoux et Mme de la Barbinais, la table d'hôte, l'éternelle table d'hôte.

« Je peux rester enfermé dans ma chambre, déjeuner dans mon lit.

« Je vais me recoucher, lire. Il y a ce roman policier qui doit être assez cocassement fait : on peut très bien s'absorber pendant deux ou trois heures dans un roman policier. »

Allons-y !

. . . .

— On demande Monsieur au téléphone. Depuis quand Alain lisait-il ?

Il s'enveloppa dans sa robe de chambre, enfila ses pantoufles et descendit.

— Allô !

— C'est vous, Alain ?

— Ah ! Solange.

— Oui, mon petit Alain, comment ça va, ce matin ? Cyrille est sorti. Je vous téléphone pour vous rappeler que nous vous attendons à déjeuner. Ne venez pas trop tard, vous bavarderez avec moi. Ça va ?

— Pas mal, pas mal.

— Pas mal, vous dites ça d'un ton. Mais vous venez, hein ?

— Mais oui, mais oui. Vous êtes gentille.

— Je vous aime beaucoup.

— Vous m'aimez beaucoup. Et Brancion ?

— Oh ! Brancion, c'est autre chose, c'est le

contraire de vous, c'est une force de la nature.

— Vous aimez les forces de la nature?

— Je les aime, j'aime tout.

— Je ne suis pas une force de la nature.

— Vous avez du cœur.

— Je ne comprends rien à tout ça. Au revoir, Solange... Allô... Vous trouvez que j'ai du cœur?

— Bien sûr.

— Sans blague?

Alain remonte quatre à quatre dans sa chambre.

« Solange ne veut pas de moi. Solange ne m'aime pas. Solange vient de me répondre pour Dorothy. C'est bien fini.

« La vie n'allait pas assez vite en moi, je l'accélère. La courbe mollissait, je la redresse. Je suis un homme. Je suis maître de ma peau, je le prouve. »

Bien calé, la nuque à la pile d'oreillers, les pieds au bois de lit, bien arc-bouté. La poitrine en avant, nue, bien exposée. On sait où l'on a le cœur.

Un revolver, c'est solide, c'est en acier. C'est un objet. Se heurter enfin à l'objet.

ADIEU A GONZAGUE

Il y avait longtemps que je voulais écrire une excuse à Gonzague. Une excuse! Je savais bien que l'examen de conscience que j'avais fait sur nous à propos de toi dans *La Valise vide*, était insuffisant. Terrible insuffisance de nos cœurs et de nos esprits devant le cri, la prière qu'était la tienne. Je te voyais jeté à la rue avec la valise vide et qu'est-ce que je t'offrais pour la remplir? Je te reprochais de ne rien trouver dans le monde si riche, si plein pour te faire un viatique. Mais je ne te donnai rien. Car enfin peut-être ceux qui ne trouvent rien et qui restent là, ne sachant quoi faire, il faut avouer qu'ils demandent, et il n'y a qu'une chose à faire c'est de leur donner.

J'ai pleuré quand une femme au téléphone a dit : « Je vous téléphone pour vous dire que Gonzague est mort. » Hypocrisie infecte de ces larmes. Toujours la lâcheté de l'aumône. On donne deux sous et on se sauve. Et demain matin avec quelle facilité je me lèverai à cinq

heures pour aller à ton enterrement. Je suis
toujours si gentil aux enterrements.

A travers une banlieue — les banlieues c'est la
fin du monde, puis une campagne d'automne
vert de légume cuit et or pâle de chambre à coucher, sous une pluie battante, avec un chauffeur
qui me parlait de son moteur, je suis arrivé dans
une de ces terribles pensions de famille où l'on
voit que la mélancolie et la folie peuvent faire
bon ménage avec toute la médiocrité.

Elle était là, sous ton lit, la valise béante où
tu ne pouvais finalement mettre qu'une chose,
la plus précieuse qu'ait un homme : sa mort.
Dieu merci : tu avais gardé le meilleur et tu
n'en as pas été destitué. Sur ce point, tu as été
vigilant et indéfectible : tu as gardé ta mort. Je
suis bien heureux que tu te sois tué. Cela prouve
que tu étais resté un homme et que tu savais
bien que mourir c'est l'arme la plus forte
qu'ait un homme.

Tu es mort pour rien mais enfin ta mort
prouve que les hommes ne peuvent rien faire au
monde que mourir, que s'il y a quelque chose
qui justifie leur orgueil, le sentiment qu'ils ont
de leur dignité — comme tu l'avais ce senti-
ment-là toi qui as été sans cesse humilié, offensé
— c'est qu'ils sont toujours prêts à jeter leur vie,
à la jouer d'un coup sur une pensée, sur une
émotion. Il n'y a qu'une chose dans la vie, c'est
la passion et elle ne peut s'exprimer que par le
meurtre — des autres et de soi-même.

Tu avais tous les préjugés, tout ce tissu de la vie sociale des hommes qui est notre chair même, qui est une chair aussi adhérente que notre chair sexuelle et animale — et que nous ne pouvons que retourner sur nous-mêmes dans un arrachement magnifique et absurde. Tu vivais — le temps que tu as vécu — avec toute la chair des préjugés retournée sur toi.— Ecorché!

Tu croyais à tout : à l'honneur, à la vérité, à la propriété...

Ta chambre était bien rangée comme tous les lieux où tu passais. Sur la table, ces papiers, ces petits outils, ces boîtes d'allumettes empilées, ces papiers. O littérature, rêve d'enfance qui te revenait toujours et qui était devenu un fruit sec et dérisoire que tu cachais dans un tiroir. Un joli revolver comme tous ces objets avec lesquels tu jouais. Tout était mortel dans tes mains : toutes ces brosses sur la toilette. Tu coiffais tes beaux cheveux vivants et tu sortais: dans les salons, les bars, un sentiment de l'amour impossible, néfaste crispait le cœur de quelques femmes.

Pas de toutes. Tu ne plaisais pas à toutes, ni à tous. Bien des gens t'ont méprisé et nié. Ils étaient plus propres que tes amis qui ne t'avouaient jamais, sans réserve. Pourquoi? C'était de ta faute aussi, tu n'avais pas de talent. Et tu avais eu le tort de parler de cela.

Il y a un beau croque-mort dans tout litté-

rateur : ce n'est pas la première ni la dernière fois
que je répands de l'encre sur la tombe d'un ami.

Tu as aimé quelque chose dans Cocteau et
quelque chose dans Aragon. Je ne puis pas me
rappeler que tu aies jamais parlé de Rimbaud.

Je t'ai apporté des fleurs un soir tellement
j'étais lâche. Je n'osais plus te parler, te crier
ma foi. Ma foi dans tout ce que tu haïssais, tu
vomissais, dans tout ce que tu as tué d'un coup
de revolver.

Comme tu n'avais pas de passions, tu avais
des vices. Comme tu étais un enfant, tes vices
étaient gourmandise. Et tes gourmandises
étaient d'enfant : tu étais avide de sommeil et
de jeu, de jeu et de sommeil. Tu jouais avec tes
bouts de dieu : photos cocasses, coupures de
journaux, est-ce que je sais ? et puis, bavardant,
tu jouais encore avec des anecdotes... ramassées
dans les almanachs, des traits de l'impuissance
humaine comme nous en sommes criblés,
chaque jour. Et puis le soir arrivait. Alors tu te
droguais, tu te piquais, tu riais, riais, riais. Tu
avais des dents pour un ricanement inoubliable :
fortes et serrées et solides dans une forte
mâchoire, dans une figure au cuir large. Tu
riais, tu ricanais ; et puis tu tombais mort.
Mais tu renaissais, dans ce temps-là, chaque
lendemain. Comme un feu follet ou un farfadet
des marécages, tu renaissais d'une bulle d'air
méphitique. Tu avais le corps d'un triton
et l'âme d'un farfadet.

Je l'ai vu, roulé dans vos vomis d'ivrognes, hurler à la mort dans une cage d'escalier que descendait la lune, devant une porte où je n'avais pas pu entrer la clé.

Les païens et les chrétiens croient les uns au ciel, les autres à la terre : tous au monde. Moi je suis de ceux-là, je suis de ces millions-là. Pourquoi ne m'as-tu pas craché au visage ? Tu ne croyais qu'aux bailleurs, aux gens du monde, aux succès de femmes. Tu étais vulgaire et incapable de ta vulgarité. Car tu n'avais pas une démarche élégante, bien qu'elle m'émût aux larmes, il te restait quelque chose de bourgeois dans le derrière qui t'empêchait de voler dans les hautes sphères. Tu étais timide. Tu n'étais aimé que des femmes que tu n'aimais pas, ou de femmes perdues qui aimaient leur perte dans ta perte.

Tu aurais voulu écrire et tu étais aussi inepte devant le papier qu'un membre du Jockey. Par un point tu ressemblais à un membre du Jockey.

Tu es mort, croyant que la terre était peuplée de gens du monde, de domestiques et d'artistes amis les uns des autres. Tu avais peur des voleurs et des assassins, tu aimais mieux taper les gens du monde. Cela te faisait de la peine. Tu en es mort. Les gens ne savent pas donner. Mais saurions-nous recevoir, si soudain l'on savait donner ?

Je me rappelle notre jeunesse, quand nous nous baignions à Biarritz. Tu étais amoureux, tu attendais des télégrammes de New York, jusqu'à ton dernier jour tu as attendu des télégrammes de New York, ils venaient en foule.

Les femmes que tu aimais t'ont aimé. Du moins elles le diront, mais elles ne t'ont pas plus aimé que nous, tes amis. Une fois de plus, nous sommes tous surpris par la mort. Le goût des hommes ? Si cela est vrai il semble que cela n'a été qu'une humiliation de plus. Tu étais chargé d'offenses : plein les poches de tes gilets. Des offenses-breloques.

Ma plus grande trahison, ç'a été de croire que tu ne te tuerais pas.

Tu n'avais rien d'un bandit, tu craignais l'argent des autres : tu étais un bourgeois visité par la grâce et rechignant, ce qui prouve que la grâce était authentique. Oui un chrétien, apparemment un chrétien, au fond pas du tout un chrétien. Car enfin quelle différence y a-t-il entre un païen et un chrétien ? Guère. Une mince différence sur l'interprétation de la Nature. Le païen croit à la nature telle qu'elle se montre ; le chrétien croit à la nature, mais selon l'envers qu'il lui suppose. Il croit que c'est un symbole, une étoffe tachée de symboles. Au jour de la vie éternelle il retourne l'étoffe et il a la réalité du monde : Dieu. Donc le païen et le chrétien ont l'ancienne croyance, croient à la réalité du monde. Tu ne croyais pas à la réalité du monde. Tu croyais à mille petites choses, mais pas au monde. Ces mille petites choses étaient

les symptômes du grand rien. Tu étais supersti-
tieux. Doux et cruel refuge des enfants révoltés
et fidèles jusqu'à la mort à leur révolte : tu te
prosternais devant un timbre-poste, un gant, un
revolver. Un arbre ne te disait rien, mais une
allumette était chargée de puissance.

Tu ne t'es pas occupé de trop près des fétiches
nègres, parce que la beauté, tu l'étudiais bien
sous toutes ses formes. Tu ne trichais pas comme
la plupart de nos contemporains. Vraiment tu
n'y comprenais rien. Je t'ai vu bayer devant un
Manet comme devant ta mère. Mais tu as été un
vrai fétichiste comme le sont les femmes et les
sauvages. Dans ta cellule de suicide, quand j'y
suis entré, ta table n'avait pas bougé. Elle était
chargée d'amulettes et de dieux. Dieux de misère, comme en ont les tribus qui mangent mal,
qui ont sommeil et qui ont peur.

On ne peut écrire que sur la mort, sur le
passé. Je ne puis te comprendre que le jour où
tu es fini.

Tu n'as jamais pensé à Dieu.

Tu as ignoré l'État.

Aussi tu n'as pu sortir du cercle de ta famille
et de tes tares. Tu étais sans défense contre les
hérédités. Tu ne pouvais te détacher de ton père
ni de ton arrière-grand-père. Je t'ai entendu,
ivre, gémir comme un enfant : tu trébuchais
dans ton cordon ombilical.

J'ai vécu de toi, je me suis repu de toi, je n'ai
pas fini mon repas. Mes amis me nourriront

jusqu'à la fin des siècles. Je suis hanté, habité
par mes amis, ils ne me quittent pas un instant.
C'est ce qu'ils voulaient dire avec leurs   *
et leurs anges gardiens.

Je n'ai jamais vu un homme plus chrétien
que toi, apparemment. Tu jetais sur toutes
choses le regard dépris du chrétien : le soleil ne
brillait pas, la mer ne remuait pas, ce n'était pas
une bonne saison pour les seins. Avec quel pâle
sourire tu me disais : « C'est une belle femme »,
avec quel ricanement tu ajoutais : « Je la cloue-
rais bien sur ma paillasse. » Je t'ai vu faire
l'amour une fois; je crois que c'est la plus
grande blessure que j'ai reçue de ma vie. Une
érection toute facile, parfaitement impavide, et
tu éjaculais le néant. La femme te regardait avec
des yeux hébétés par une épouvante que ton
regard courtois glaçait.

Oui apparemment rien de plus chrétien que
toi. Ne t'étais-tu pas mis, sans le savoir, à l'école
des dandys : un parfait gentleman chrétien.
L'automate, formé d'une cravate impeccable,
impeccante, qui démontre l'existence de l'âme
par son absence. Brummel buvait et baisait
comme toi. Pour lui ressembler, il te manquait
de l'autorité.

Il y avait la bande de ceux qui voulaient
mourir, mais pas une fois (comme lui) cent
mille fois — qui voulaient vivre après s'être

* Mot manquant dans le manuscrit.

dépouillés de tout, de tout ce qui est la vie.

Tous te disaient qu'il ne fait pas bon vivre. Quel est l'homme qui l'a un peu plus qu'il ne l'a dit — ou écrit — qu'il ne faisait pas bon vivre ?

Il y a des hommes qui se sont tués. Tu y avais pensé, tu n'y pensais plus, tu n'en parlais plus parce que leur mort était en toi.

Je suis une pleureuse, je prends le ton larmoyant des funérailles. Après tout, merde, il y a la contrepartie. Tu n'avais de goût pour rien, tu n'avais de talent pour rien. Je te l'ai dit, tout à l'heure. A quoi tient un pessimisme ? Si tu avais un talent, tu serais encore avec nous. Ceux qui restent, ceux qui ne se tuent pas c'est eux qui ont du talent, qui croient à leur talent.

Le talent : il ne faut pas en dire du mal. Je ne veux qu'on dise du mal ni du talent des jardiniers ni du talent des journalistes. Le talent, plaignez-vous-en à la Nature qui tous les jours montre son talent, son immense talent, et qui ne montre que cela.

Tu n'aimais pas ce qui est vivant. Je ne t'ai jamais vu aimer un arbre ou une femme. Ce dont tu rêvais chez les femmes, c'était de les empêcher de respirer.

L'amitié. Duperie qui à elle seule vaut toutes les autres. Tu n'as pas eu l'occasion de montrer toute l'amitié dont tu étais capable. C'est une occasion qu'on n'a jamais dans nos pays et dans

nos temps. Mais si l'occasion s'était présentée?
Allons mettons que tu serais mort pour quelqu'un ou pour quelque chose que tu méprisais,
toi qui méprisais tout, qui n'as jamais voulu
aider la vie.

Elle ne t'a pas aidé non plus.

Si l'on doit écrire, c'est quand on a quelque
chose dans le cœur. Si je n'écrivais pas aujour-
d'hui, c'est alors qu'on pourrait me cracher au
visage.

Tu ne m'as jamais craché au visage. C'est
étonnant. Parce qu'enfin tout ce que j'aime, tu
crachais dessus et tu avais vécu avec des hommes
qui ont craché sur ce que j'aime et sur moi. La
dernière fois que tu m'as vu tu m'as dit que
tu aimais celui qui m'a le mieux craché au
visage.

Qu'est-ce qu'on pouvait te dire? Rien. Mais
pourtant une révolte ou une dérision — non
plutôt une révolte me venait — quand je sentais
ta déplaisance à la merci de la moindre conjonc-
ture tout comme ma   *.

Il aurait fallu si peu de chose pour t'appri-
voiser, pour te réenchanter. Il faut si peu de
chose pour changer la philosophie, pour qu'elle
monte la rue au lieu de la descendre.

Il faut si peu de chose? Mais ce ne sont que
les plus grossiers appâts qui t'auraient rattaché

* Mot manquant dans le manuscrit.

à la vie, à nous. La vie ne pouvait remporter sur toi qu'une bien médiocre victoire.

L'argent, le succès. Tu n'avais à choisir qu'entre la boue et la mort.

Mourir, c'est ce que tu pouvais faire de plus beau, de plus fort, de plus.

Le feu follet   7

Adieu à Gonzague   173

DU MÊME AUTEUR

Aux Éditions Gallimard

Romans

L'HOMME COUVERT DE FEMMES
BLÈCHE
UNE FEMME À SA FENÊTRE
DRÔLE DE VOYAGE
BÉLOUKIA
RÊVEUSE BOURGEOISIE
GILLES
L'HOMME À CHEVAL
LES CHIENS DE PAILLE
MÉMOIRES DE DIRK RASPE

Nouvelles

PLAINTE CONTRE INCONNU
LA COMÉDIE DE CHARLEROI
JOURNAL D'UN HOMME TROMPÉ
HISTOIRES DÉPLAISANTES

Poésies

INTERROGATION
FOND DE CANTINE

Témoignages

ÉTAT CIVIL
RÉCIT SECRET *suivi de* JOURNAL (1944-1945)
  et d'EXORDE
FRAGMENTS DE MÉMOIRE (1940-1941)

  Essais

LE JEUNE EUROPÉEN *suivi de* GENÈVE
  OU MOSCOU
L'EUROPE CONTRE LES PATRIES
SOCIALISME FASCISTE
AVEC DORIOT
NOTES POUR COMPRENDRE LE SIÈCLE
CHRONIQUE POLITIQUE (1934-1942)
SUR LES ÉCRIVAINS

  Théâtre

CHARLOTTE CORDAY — LE CHEF

    Chez d'autres éditeurs

LA SUITE DANS LES IDÉES (Au Sans Pareil)
MESURE DE LA FRANCE (Grasset)
NE PLUS ATTENDRE (Grasset)

Impression Brodard et Taupin à La Flèche (Sarthe),
le 16 décembre 1986.
Dépôt légal : décembre 1986.
1er dépôt légal dans la collection : juillet 1972.
Numéro d'imprimeur : 1086-5.
ISBN 2-07-036152-7 / Imprimé en France